Fan
ファン文庫

現《うつし》世《よ》閻《えん》魔《ま》捕物帖《とりものちょう》

その地獄行き、全力阻止します！

著　桔梗楓

マイナビ出版

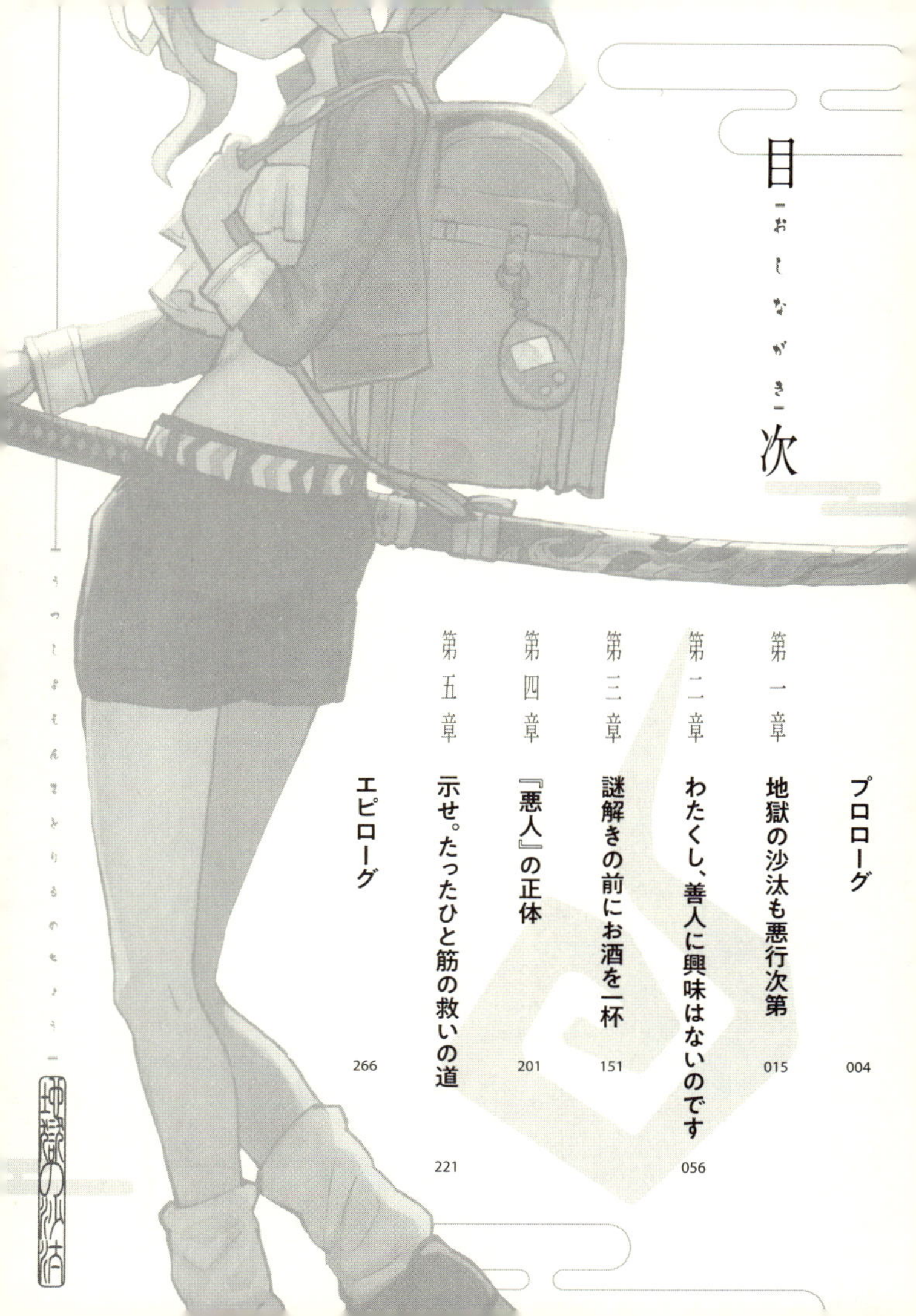

目次
おしながき

地獄の沙汰

プロローグ

ピッ――。ピッ。

月海志遠《つきみしおん》の右耳にはめられたワイヤレスイヤホンに、小さな電子音が響いた。

都内中心部にある歓楽街。平日の昼間でも人は多く、志遠がいるコーヒーショップの店内は、さまざまな層の客でひしめき合っていた。

学生らしき青年グループがなにかを話してはゲラゲラと笑っている。

窓際にいるのは主婦の集まりだろうか。テーブルを囲んで噂話をしている様子。

そして志遠の目の前には、若い男女が深刻な表情で顔を突き合わせていた。

ピッ――。ピッ。

再びイヤホンから電子音が響く。耳障りなノイズまじりに、男性の小声が聞こえた。

『今、女にメッセージを入れた。そろそろ話を切り出せ。抜かるなよ』

的確な指示に、志遠は内心ため息をつく。

ずっと目の前の男を睨んでいた女は、ふとバッグからスマートフォンを取り出し、操作した。先ほどの言葉のとおり、『彼』が女にメッセージを入れたのだろう。

メッセージを読んだ女は、表情を変えた。それは思わず嬉しさが込み上げてしまったような、幸せそうな笑み。志遠は良心の呵責を覚えて、顔を歪ませた。

――これは仕事。これは仕事。これは仕事、なんだから。

志遠は懸命に自分に言い聞かせて厳しい表情を作り、男女を交互に見た。

「こうやって睨み合っていても仕方がありませんし、結論を出しましょう」

感情を載せずに淡々と言う志遠に、男と女が顔を向ける。

「このとおり、鉄哉《てつや》さんは心から反省しています。そして、自分の家庭を守るという選択をしました。美以菜《みいな》さん、そろそろ許していただけないものでしょうか……」

志遠が言ったタイミングで、鉄哉は慌てた様子で尻ポケットから茶封筒を取り出した。

「こ、これが反省の印だ。俺の懺悔《ざんげ》の気持ちだから。頼む……このとおりだ」

頭を下げる男を、女は冷めた目で見た。

――ああ、完全に執着心を失っている。『彼』からのメッセージ、そして膨《ふく》らみのある茶封筒。いくらプライドが高くても、ここまでされては折れるほかない。

志遠は、軽蔑しきった目で、頭を下げる男を見た。

――ホント、最低だわ。その謝罪だって心からのものじゃないくせに。

所詮は自己保身。自業自得のなれの果て。今回さえしのげればどうにかなると思っている。つまり反省なんてしていない。この男はまた同じ過ちを繰り返すだろう。

いや、男も女も関係ないかと、志遠は思い直した。みんな、結局は自分が可愛いのだ。人の物を横取りするのも、大切な人を裏切ってしまうのも、すべては自己を優先した結果にすぎないのだろう。

志遠はそんなことを考えながら、ジッと目の前のふたりを観察する。

女は赤いマニキュアが光る手で、そっと茶封筒を取った。そして、中身を確認する。

周囲は志遠たちのことなどまったく気にもとめない他人でごった返していた。ざわざわと、さまざまな話し声と、食器が重なり合う音がする。

しばらくして、女は茶封筒の中身を確認し終えたのか、顔を上げた。

「いいわ。このお金で許してあげる。あなたと別れるわ」

——言質《げんち》、取った！

志遠のポケットの中にはＩＣレコーダーが入っている。今の言葉はしっかり録音されているはずだ。

それだけではない。志遠からは見えないが、この店のどこかで『彼』が今のやりとりを映像で残しているだろう。

この『茶番劇』は、後々、蒸し返されないように、しっかり証拠として残しておかなければならないのだ。

「寛大な対応ありがとうございます」

志遠が頭を下げた。

「奥さんの依頼とはいえ、こんな別れ話の立会人にならなきゃいけないなんて、弁護士さんも大変ね」

「いいえ、これが仕事ですから」

志遠は硬い表情を張りつけたまま、事務的に言う。

女には嘘をついている。志遠は弁護士ではない。ただ、弁護士という肩書きの名刺を渡しただけだ。しかも、名前も住所もでたらめである。

身分詐称《さしょう》は犯罪だ。しかし、この程度の詐称で捕まることはないだろう。世の中には、捕まえなければならない人間が、他にごまんといる。

だが、それでも志遠の心は痛んだ。この仕事に就いてから、志遠は毎日、少しずつ、心を削っているような気分になる。心がすべて削り取られた時、自分にはなにが残っているだろう。

そんな虚しい思いを抱きつつ、男と女のよくある別れ話は、ひとまずの終焉《しゅうえん》を迎えた。


仕事が無事に一段落して、志遠と男は共に事務所に戻る。

「ありがとうございました」

ローテーブルを挟んで、向かい側のソファに座る男が礼を口にする。

「いえいえ、こちらが予想していたよりもあっさり片がついて良かったですね」

志遠の隣には、男がひとり、座っていた。

名は、四ッ谷史郎《よつやしろう》。二十五歳の志遠より三つ年上の二十八歳。志遠の上司だ。

四ッ谷はニコニコ笑顔で愛嬌を振りまき、なにか言っているようだが、志遠にしてみれば「よく回る舌だわ」と呆れるほかない。

――嘘ばっかり。なにが予想していたよりも、よ。予想どおりに決まってるでしょ。あの茶番はすべて、この人のシナリオどおりなんだから。

気を緩めると、心の底からすべてのものを呪いたくなるような、醜悪極まりない表情をしてしまいそうになる。志遠はぐっと唇を引きしめ、無表情を繕《つくろ》った。

「ほんと、あいつはしつこくて。どうしても別れるなら嫁に全部ばらしてやるって興奮するし、マジでうんざりしてたんですよ。これってキョーハクですよね？」

「ええ、まったくそのとおりです。でもまあ、どういう心境の変化があったのかは知りませんが、お金で納得してくれてよかったですねえ」

「結局金が欲しかったんですよ。マジで最悪な女だった。若いだけが取り柄って虚しいもんですねえ～。俺が既婚者ってわかってるなら遠慮しろって話っスよ」

げらげらと男が笑う。目の前のトラブルがスッキリ解決して、気も大きくなっているのだろう。

志遠は、膝に置いた手を握りしめた。爪が手に食い込んで痛い。だが、痛みでも感じて平静を保っていないと、この男に罵詈雑言《ばりぞうごん》を投げつけてしまいそうなのだ。

「先ほどの会話はすべて録音し、映像も残しています。また、書面でも一筆いただきました。我が社で厳重に保管しておきますから、再びあの女性とトラブルがあった際にはご相談くださいね」

「アフターサービスまでしっかりしてくれて、ホントいいトコに相談できましたよ」

「ハハハ、恐縮です。それでは成功報酬と合わせて、依頼料を精算させていただきますね」

四ッ谷がポンと志遠の背中を叩く。すぐさま志遠は立ち上がり、精算の準備を始めた。

――着手金が二百万円。成功報酬六十万。

不倫していた女と別れる。ただそれだけのために、この男は二百六十万という大金を払うのだ。あまりに馬鹿馬鹿しくて、呆れ果てる。

志遠はあらかじめ手配しておいた振込用紙を無地の封筒に入れて、男の前に置いた。

「着手金はすでにいただいておりますので、お支払いは成功報酬のみで結構です。期限は一週間となっておりますので、お気を付けください」

これで仕事は完了だ。振込用紙の支払い伝票は、銀行のゴミ箱にでも棄てればいい。そうすれば、男にはなんの証拠もなくなる。

彼が興信所の『別れさせ屋』を利用して、不倫した女と別れたという事実は、この繁華街の騒がしさに紛れて、いずこともなく消え去るのだ。

＊＊＊

満足顔の男を見送って、志遠はひとつため息をつく。

うしろでは四ッ谷がさっそくローテーブルに片足を載せて、懐からシガレットケースを取り出し、煙草を吸い始めた。

「ああ、忘れてた。あっちのほうも片づけておかねえとな」

思い出したように言って、四ッ谷は咥え煙草でスマートフォンを操作する。

事務所は誰か吸う人がいなくても、そこら中に煙草の臭いが染みついている。それでも煙たいのが好きではない志遠は、顰《しか》め面をして窓を開けた。

サア、と頬を撫でる風は、冷たい雪の香り。空には茜色に染まる雲が浮かんでいた。

時刻は夕方にさしかかった頃。

昭和後期に建てられた、築五十年の古いオフィスビル。その三階から眺める景色は、お世辞にも綺麗とは言いがたい。

歓楽街の端にある、細くて暗い裏路地。こんなところにやってくるのは、道を間違えてしまった酔っ払いくらいだ。

「おい。寒ぃだろ。とっとと閉めろ」

うしろから不満げな声が飛んでくる。志遠はため息をついて、窓を閉じた。

「コーヒー」

カチリと窓の鍵を閉めていると、再びうしろからぞんざいに指示をされる。完全に顎で使われている状況に嫌気がさすが、自分は文句を言える立場ではないのだ。志遠は無言でコーヒーマシンにマグカップを突っ込む。

「おお、速攻で返事が来たぞ」

「そりゃそうでしょう。どんな酷い罵詈雑言が来ても驚きませんよ」

マグカップをローテーブルに置いて、志遠は自分のデスクで書類整理をした。

「罵詈雑言というか……これは殺人予告だな。俺を殺して自分も死ぬってさ、ハハハ！」

完全に四ッ谷は面白がっている。悪趣味な男だと、志遠は心の底から思う。

「殺したくもなりますよ。彼女は裏切られたんですから」

「先に手を出したのはあの女だろ」

「クライアントが不倫したのがそもそもの間違いなんですよ」

今回の依頼内容を思い出して、志遠は不快そうに顔を歪めた。

不倫相手と別れたい。そんな依頼内容を聞いた時から、気分の悪い仕事になる予感がしていた。……というより、気分のよくなる仕事など、ここではひとつも手がけたことはないのだが。

男は既婚者だった。そして妻は現在妊娠中で、来月にも臨月を迎えるらしい。つまり、妻が妊娠で身動きが取りにくいのを見計らって、あの男は若い女に手を出したのだ。

しかしいざ出産を前にして、臆病風が吹いた。子供を育てるというのは、決して少なくない額の金が必要になる。ようやく夢の世界から現実に戻った男は、慌てて不倫関係を清算しようとした。しかし、不倫相手は簡単には別れてくれず、ごね始めた。

男は相当無責任に調子の良い台詞を囁《ささや》いていたのだろう。妻と別れて一緒になろう、くらいはうそぶいたのかもしれない。

女は不倫していることを彼の妻にバラすと脅した。いやなら離婚しろと迫った。

四面楚歌《しめんそか》になった男は、興信所を利用することを決めた。

それが、志遠と四ッ谷が働く事務所。興信所と言えば聞こえはいいが、実際はなんでも屋である。浮気調査はもちろんのこと、ペット捜索、蒸発者の捜索、夜逃げの手伝いから、各種アリバイ作りまで幅広く手がけており、別れさせ屋もその一環だ。他にも別れたふたりを復縁させたり、恋人を横取りする手伝いをすることもある。

文字どおり、なんでもやるのだ。志遠はもちろんやるはずもないが、金になるなら四ッ谷は人も殺せそうである。

そして男から前金をもらったあと、早速四ッ谷は行動を開始した。

偶然を装って不倫相手の女に近づき、そして言葉巧みに口説いた。今の男に対する執着を少しずつ削いだあと、弁護士を名乗る志遠が女に連絡。男が別れ話を切り出して、志遠の立ち会いの下、話し合いの席を設ける。

女はその時点ではまだ迷っていた。新しい男の手を取るか、それとも今の男を離婚させて奪うのか。

その女はとりわけ結婚願望が強かった。上辺だけの付き合いの中でそれを見抜いた四ッ谷は、女と不倫相手の男との話し合いが持たれる時を狙って、スマートフォンにメッセージを入れる。

それは女の気持ちを傾かせるひと言。

——プロポーズ、だった。

完全に四ッ谷に気持ちの天秤が傾いたところで、ダメ押しの『慰謝料』を渡す。三十万程度の小金だが、男を捨てる気になった女は、それで別れを受け入れた。

そうして円満に別れ話を決着させたら、もう女は用済みだ。

四ッ谷は血も涙もない冷血人間である。あっさり女を切り捨てた。納得できない相手が怒りにまかせて、殺すとメッセージを送る気持ちも、わからなくはない。

たとえ、不倫自体が倫理に反した不貞行為で、女も男も、どちらも最低だったとしても。

——というか、一番可哀想なのは、奥さんと生まれてくる子供だよね。

妻はなにも気づいていないと男は言っていたが、それもどうだかと志遠は思う。女は意外と鋭いところがあるのだ。けれども、厳しく追及して、万が一今まで培ってきた関係が壊れたら嫌だと思うから黙っている——そんな女性も、少なくないだろう。

いずれにしても、今回のことで学習して、もう不倫なんて二度としないでほしい。

志遠はそう願って止まない。

ヴーン、ヴーン。

デスクの片づけをしていると、四ッ谷のスマートフォンが忙しくバイブ音を鳴らした。

チッと舌打ちが聞こえる。

「しつこく電話してきやがる。うぜえな。着信拒否に、メッセージアプリのブロック。よし、静かになった」

「本当に最低ですね」

思わず本音が口から零れ出た。慌てて口を閉じるも、耳聡い四ッ谷にはしっかり聞こえていたようだ。

咥え煙草をしたまま振り返り、人相の悪い顔でニヤリと笑う。

「そんな俺と一緒に仕事しているお前も、十分『最低』だろ」

志遠は、苦虫を嚙み潰したように、ぐっと眉間に皺を寄せた。

第一章　地獄の沙汰も悪行次第

月海志遠は大学入学を機に、地方から上京してひとり暮らしを始めた。そして、東京で仕事を見つけ新卒で就職する。

大学時代から付き合う恋人もいて、仕事もプライベートもそれなりに充実していた。

面白みはなくても、至って平凡で、平穏な楽しい日々。

しかし、恋人が借金返済のトラブルに巻き込まれ、その歯車が狂い始めた。

二年前。恋人は志遠に、借金返済に協力してくれと涙を零しながら頼んだのだ。

彼は、志遠にとって初めての恋人だった。大学で声をかけられたのがきっかけで仲良くなり、彼に告白されて付き合い始めた。少し優柔不断なところがあるものの、優しくて困った人を助けずにはいられない気質で、結果的に貧乏クジを引いてしまうという、損な役回りが多い人。

――二《に》階堂《かいどう》智則《とものり》。

彼を放っておけなくて、気づけば、この少し頼りない先輩を守りたいと思うようになり、志遠は初恋を自覚した。

今回のトラブルも、彼がヤミ金に手を出して蒸発した友人の連帯保証人になっていて、返済の肩代わりをしなくてはならないということだった。

悪いのはお金を返さないまま蒸発した友人で、志遠の恋人はなにひとつ悪くない。

二階堂の話を聞いて同情した志遠は、協力することにした。

その協力とは——彼が借金を返すまでの『質』として、四ッ谷の興信所で働くこと。

四ッ谷の興信所は、二階堂が関わった金融会社と懇意にしている。

『半年でいい。その間になんとかお金を用意するから』

……当然ながら、前の職場よりも給料はグンと下がった。おまけに仕事はずっとハードワークで、さらに身分詐称や虚言など、犯罪に片足を突っ込んだような悪行の片棒まで担がされる。

定時も有給もない、最悪のブラック企業。給料はもらえているだけありがたいと思え。労働基準法なんて、四ッ谷は鼻で嗤《わら》って蹴飛ばしている。

それでも、半年だけなら。半年我慢すれば。

志遠は恋人を信じ続けた。しかし、半年という彼の言葉は守られず、二年が経ち——。

今ではほとんど連絡もくれない、カタチだけの恋人に成り下がっている。

——地獄に堕ちろ。

志遠は毎日願っている。

自分を安月給で雇い、顎でこき使う四ッ谷も、なかなか借金を返済し終えない恋人も、妻子がいるのに平気で不倫して都合が悪くなったらポイ捨てする男も、みんなみんな、地獄に堕ちればいいのだ。

そう、志遠はすでに恋人に対する愛情はない。あまりに劣悪な職場環境に志遠の心はすっかりやさぐれてしまった。今ではもう、早く借金を返して自分を自由にしてくれと、そればかり願っている。

心の中で悪態をつきながら、志遠は事務所の掃除を始めた。

時刻は午後十時。山のようにあった事務仕事は気合いで片づけた。あとはこの掃除を終えるだけ。そうすれば、今日は上がりだ。

志遠はため息をついて、四ッ谷のデスクに置かれている灰皿を手に取り、ゴミ袋に吸い殻を捨てた。

「ん。コイツ、どこから入ってきたんだ」

ソファに座ってスマートフォンを弄《いじ》っていた四ッ谷が機嫌の悪そうな声を出す。志遠が見ると、ローテーブルには小さな蜘蛛が一匹、行く当てもない様子でウロウロしている。

「まったく。月海が窓開けた時に、入ってきやがったんだな」

四ッ谷はブツブツ文句を言ったあと、ローテーブルに置いていた週刊誌をグルッと丸めた。

「待ってください。蜘蛛は害虫じゃないんですから、なにも殺すことないじゃないですか」

志遠は小走りで近づき、今にも蜘蛛を潰そうとしている四ッ谷を止める。そして、彼が摑んでいた週刊誌を取り上げた。

「こうやって逃がせばいいんですよ」

丸まった週刊誌を広げて、蜘蛛の動きを誘導しつつ週刊誌に載せた。窓をカラリと開けると、身体の芯まで凍えそうな風が入ってくる。

志遠は週刊誌をぱっと払った。蜘蛛はせわしなく足を動かして、壁伝いに逃げていく。

「たかが虫にお優しいことで」

「別に。逃がせる虫だから逃がしただけです。ゴキブリなら問答無用で殺虫スプレーかけていますから」

窓を閉めて、四ッ谷の皮肉に素っ気なく返すと、彼はクックッと意地悪く笑った。

「お前もあの蜘蛛のように、この事務所から逃げたいんだろうな」

「…………」

志遠は無言に徹し、黙々と掃除の続きを始めた。

「まあ、『質』のお前が逃げたら、アイツは地獄行きだ。そりゃ、寝覚めが悪いよな」

カチッとライターの音がする。今日一日で四ッ谷は何本煙草を吸っているのだ。数えるのも馬鹿らしくなるほど、彼はヘビースモーカーだ。

「イイコチャンを続けるのも大変だな。あんなクズでも見捨てることができず、黙って俺にこき使われている。ま、そういうヤツは便利でいいけどな」

明らかに志遠を馬鹿にした様子でげらげら笑う四ッ谷を横目で睨み、志遠は唇を噛んで掃除を続ける。

ああそうだ。自分は『良い子ちゃん』だ。嫌になるほどお人よしで、馬鹿だ。

四ッ谷の言うとおり、すべてから逃げ出せばいい。借金を抱えた恋人も最低な上司である四ッ谷もすべて捨てて、田舎の実家にでも駆け込めばいい。

けれども自分が『借金のカタ』であること。自分がいなくなったら恋人の身の保証がされないこと。もろもろを考えると、どうしてもここから逃げることができない。

——ああ、もしかしたらここが。

志遠は切なく窓を見つめた。冬の空は泥を敷き詰めたように黒い。繁華街のきらびやかなネオンが煩《うるさ》くて、星ひとつ見つけることができなかった。

志遠が嫌う彼らが地獄に堕ちるのではなく、ここが地獄なのかもしれない。

なにも悪いことをしていないのに。自分は被害者みたいなものなのに。

日に日に、自分の身体が底なしの泥沼に嵌《は》まって、もはや抜け出せなくなっているような気がした。

午後十一時すぎ。ようやく掃除を終えて、志遠は事務所に鍵をかけた。四ッ谷はとっくの昔に帰っている。従業員は二名しかいないこの興信所で、事務、営業、清掃、その他もろもろの雑務はすべて志遠の仕事だ。四ッ谷はクライアントの仕事をする以外は、事務所のソファに座って低俗な週刊誌を読むか、スマートフォンを弄るかくらいしかしていない。

「今日も疲れた……」

慢性的な疲労感に、志遠は肩を落とす。

興信所は基本的に定休日がない。一応、公休はあるのだが、四ッ谷に電話で呼ばれたら即事務所に行かなくてはならないのだ。ゆえに、心が安まる日などありはしない。

昔は旅行が好きでよく行っていた。しかし今は、そんな余暇さえ楽しめない。

そもそも安月給すぎて、贅沢もできない。毎日自分を食わせることで精一杯だ。

「帰ろう……」

志遠は力ない足取りで暗い路地を歩き始めた。

興信所のあるビルの裏側は、目がチカチカするほどのネオンが輝く建物が並んでいる。ここはいわゆるホテル街だ。休憩や宿泊の値段が表示してあるパネルの前を横切り、志遠は下を向いて歩く。

こんな夜中に女がひとり。寂しくホテル街を歩いている。以前は悪質なナンパに遭うこともあったが、今年に入ってからは誰も近寄らなくなった。しつこいキャッチすら声をかけてこない。よほど自分の顔は酷いありさまなのだろう。

——そう、たとえば、今にも死にそうな顔……とか。
フ、と志遠は鼻で嗤った。自ら死を選ぶ勇気があるぐらいなら、あんな事務所、とっくの昔に逃げ出しているし、名ばかりの恋人も切って捨てているはずだ。
「自分が馬鹿すぎて嫌になる。どうしてこうなってしまったのかな」

どこで間違えたのだろう。なにを間違えたのだろう。

志遠はスマートフォンを取り出し、メッセージアプリを起動した。そして恋人とのトーク画面を表示する。

志遠がメッセージを送ったのは、一週間前。

いまだに、そのメッセージに『既読』がつくことはない。

「最低」

ありったけの恨みを込めて、志遠は呟いた。本当に捨て置けばいいのだ。あんな男、野垂れ死んでしまえばいい。

本気でそう思っているのに、潔く切り捨てることができない。

志遠の心の奥底に残っている良心にキリキリと苛まれる。ひとときは好きだった彼。きっとなにか事情があってなかなか借金を返せないんだ。元々、彼も被害者みたいなものだもの。一番悪いのは彼に借金を肩代わりさせた友人なんだから、恨んだらだめ。でも、許せない気持ちがある。だって半年って言ったのに。嘘ばっかり。最近は連絡もほとんどくれなくて、今はどういう状態なのか説明もしてくれなくて……どうして、どうして、どうして。

頭の中でぐるぐると、恨み節と後悔の念を繰り返し呟く。

しかし、どんなに呪っても、明日はやってくる。

どんなに手足が疲れても、日が変わる直前まで働かされる。

「もう、帰って寝よう。それが一番だわ」

現状を打破できないなら、少しでも休息を取るしかない。志遠は煌びやかなホテル街を通り過ぎて、角を曲がる。

次の通りは、飲み屋街だ。しかし、繁華街の大通りにあるような大きな店が立ち並んでいるわけではない。どの店もドアは小さく、店の幅は狭い。まるで江戸時代の長屋のように、一戸の長細い建物に、いくつもの飲み屋がひしめいていた。

昭和の遺物、という言葉がとても似合う。

どこかノスタルジックで、アンティークな雰囲気。大手チェーンの居酒屋や、流行を売りにしたオシャレなカフェバーなどにはないものが、この通りにはある。

何度もほつれを繕ったような。錆びた鉄骨に繰り返しペンキを塗り込んだような。

使い古されてへたれてしまった革製品を思わせる、古い、古い、飲み屋の通り。

中には無理矢理増築したからか、建物自体が傾き、建築基準法に引っかかりそうな店もある。

いろいろ問題はありそうだが、こういう店が好きな人も多いのだろう。細く暗い道を、酔っ払いの中年男性がげらげらと笑い声を上げながら歩いていた。

自分も酔えたらあんな風に明るく笑えるのかな。

志遠は、酔っ払いを羨ましく思う。自分はここ最近いつ笑っただろうか。……まったく、記憶にない。

古びたバーの扉。電球の切れかけた照明がチカチカ点滅するクラブの看板。そして、ぼんやりと仄暗く光る、赤提灯。

ふいに、その赤提灯のさがる店からおいしそうな匂いが漂ってきた。鰹節の出汁の匂いだ。懐かしくて温かい香りに、空っぽの腹がきゅうと音を立てる。志遠の目がわずかに潤んだ。

ヒュウと寒風に頬を撫でられ、慌ててコートの襟元をぎゅっと握る。

外食できるようなお金はない。せいぜい、コンビニおでんをひとつふたつとおにぎりを買うくらいが関の山なのだ。

今の志遠にとって、バーや居酒屋は別世界。疲れた目をして、早足で通り過ぎる。

「いいえ、そうすぐに諦めるものではない……わよ。この酒処は意外とりーずなぶるなのだ。いや、なのよ」

突然うしろから、鈴を鳴らすような可愛い声が聞こえた。思わず、志遠は足を止める。振り返ると、そこには少女がひとり、勝ち気な笑顔で立っていた。

今は午後十一時をとうに過ぎて、もうすぐ日付が変わる深夜だ。そんな時間にどうして少女がいるのだ。しかも、飲み屋通りに。

何歳くらいだろう。小学生くらいには見える。いずれにしろ、こんな時間に出歩いて良い年齢ではない。

しかも彼女は、まるで志遠の心の声を聞いたかのような言葉を口にしなかったか。

少女は健康的な褐色肌で、ポニーテールに結い上げた髪は金色だった。もしかして外国人だろうか？　しかしそれにしては、外国人らしい雰囲気がしない。日本語もしっかりしていた。……ということは、髪は染めているのだろうか？　まるで一時代前に流行った派手な装いの女子高生が、そのまま子どもになってしまったような感じだ。

志遠が頭の中をハテナマークだらけにしていると、少女がスッと手を差し出す。

「実はな……ね。わたくしはおぬしに礼をしたいのだ……したいんだよね～」

なんだろう、さっきから口調がおかしい。本来の喋り方を無理矢理変えているようだ。

「礼……って？」

問いかけたが、少女は答えず、半ば無理矢理志遠の手を握った。

「とにかくまあ入るがよい、わよ。お腹がすいている娘を棒立ちのままでいさせるほど、わたくしは冷酷じゃないわ」

そう言って、少女はぐいぐいと志遠の手を引っ張った。仕事の疲労と空腹ですっかり足の力をなくしていた志遠は、引きずられるような形で店に入ってしまう。

刹那、ちらりと横目で店の看板を探した。

どこか儚《はかな》く灯る赤提灯。そこには筆文字で『地獄の沙汰』と書いてあった。


店の中は暖かくて、冬の寒さに固まっていた身体が溶けるようにほぐれていく。

『地獄の沙汰』と、どこか不気味な屋号がついているのに、そこは驚いてしまうほどの優しい雰囲気に包まれていた。

「いらっしゃいませ」

少女に手を引かれるまま店内に入り、志遠は中を見回す。まず最初に目に入ったのは、カウンターの内側から声をかけてきた男性の店員だ。

「…………」

志遠は思わず、その男性をまじまじと見てしまう。

ここは居酒屋であるはずだ。赤提灯が印象的であったし、さっき少女は『酒処』と口にした。にもかかわらず、男性店員は眼鏡をかけて、ビジネススーツを着ていた。

いや、眼鏡は別に構わない。だが、ビジネススーツで接客する居酒屋店員、というのはちょっと珍しい気がする。少なくとも志遠は今まで見たことがなかった。

まあ、そういう店員がいても構わないだろう。バーの店員はフォーマルな制服をよく着ているものだから。

あと、もうひとつ突っ込みを入れるとするなら、接客業をしているとは思えないほどの仏頂面《ぶっちょうづら》はなんなのだろう。笑みひとつ見せないどころか、まさか仮面を被っているのかと疑ってしまうほど、ぴくりとも表情筋が動かない。せっかく相貌は整っていて――というより凄みのある美形なのだが、つり上がった目つきが鋭すぎて無表情だから、見蕩れるというよりもとにかく怖い。この男に接客なんてできるのだろうか。

「ほら、ここに座るのよ」

志遠が戦慄を覚えている間に、少女がニコニコ顔で席を勧める。誘われるまま、おずおずと椅子に座った。店内は白木のカウンターテーブルがあるのみで、椅子はたった五つしかない。一番端では男性の先客が、ちびちび静かに酒を飲んでいた。

ちなみに椅子のうしろは、壁との間に人ひとりがやっと通れるような隙間があるだけ。この店を俯瞰すると、長方形の造りになっているのだとひと目でわかりそうだ。

それにしても……狭い。志遠は初めてこの飲み屋通りの店に入ったのだが、こんなに細長い構造になっているとは思わなかった。恐らく他の店もこんな感じで、基本的に狭いのだろう。

「さあ、今宵はわたくしの奢《おご》りよ。好きなものを頼んでね」

隣の席に座った少女がニコニコ笑顔で志遠に言う。

「お、奢り？」

「そうだ、……そうよ。遠慮はなっしんぐ、よ」

少女は多少言葉をまごつかせながら言って、カウンターの内側の壁を指さした。つられて見ると、そこには長方形の木片がいくつも連なっていて、筆文字で料理名が書かれている。

「え、でも……」

志遠は少女と男性店員を交互に見た。少女は笑顔で、男性は無表情だ。

(どういうこと？　礼がしたいとか、奢りだとか、この子はなにを言っているの？　意味がわからないわ)

そもそも志遠は、感謝されるようなことをした覚えが一切ない。それなのに奢ってもらうなんて受け入れられるはずがない。しかも相手は子どもだ。

　うまい話には裏がある。

　興信所に就職して、四ッ谷と仕事をし始めて、志遠はすっかり人を信じられなくなっていた。人は騙すし、欺《あざむ》く。偽る。自分の利益のために、平気で他人を蹴落とす。

　この居酒屋もなにか裏があるのかもしれない。少女を使って大人を油断させて、あとで高額の料金を請求する店だということも考えられる。

「あの、私、帰ります」

　志遠は椅子から立ち上がり、足早に店を出ようとする。

「ちょっ!?　ちょちょ、ちょっと待てい！　なぜわたくしの厚意を受け取らぬ!?」

　うしろからガシッと手を掴まれた。

　ヤバイ。もしかすると、椅子に座った時点で高額のチャージ料金を払えとかいう、ぼったくりなのだろうか。

「私、こういうの本当に困るんです。お金もないですし」

「だから奢りと言っておろう!?」

「そう言っておいて、あとで、卵焼き五千円とか、枝豆九千円とか取るつもりなんでしょう」

「なんだそのべらぼうに高い価格設定は!?　そのような血も涙もない商売など誰がするものか！」

　心外だとばかりに少女が怒り出す。

「と・に・か・く！　私はそういうの結構です。お礼を言われるようなことはしてません し、名も知らない人から奢られるなんて嬉しさよりも恐怖です。離してください〜！」

「いやだ〜！　離さぬ〜！　わたくしはおぬしに礼をすると決めたのだから。ええい頑固な娘め、わたくしの言うことを素直に聞け！」

なんとしても店から出ようとする志遠と、志遠のコートを握って足を踏ん張る少女。しばらく不毛な力比べが続いたあと、カウンターの内側に立つ男性店員が鉄壁の無表情で冷静に仲裁に入った。

「ふたりとも落ち着いて下さい。主《あるじ》。さすがにこれは、主が悪いと思います。なんの説明もなく店に連れ込み、奢りだなどと一方的に言っても、相手を怯えさせるだけでしょう」

「ぬっ、ぬぅ。そうは言うがな、響鬼《ひびき》。酒を馳走しながらゆっくりと話をしたかったのだ」

「ちなみに主、口調が元に戻っていますよ」

「しまった！　いや〜んそういうことなワケ〜。お礼の話もしたいから、とにかくわたくしにお酒を奢られてぷりーずっ」

少女が両手を拳にして顎に乗せ、ウィンクをして片足を上げてポーズを取る。

志遠はその様子を見て、なんとも言えずに立ち尽くした。

「主、娘さんが固まっています。やはり主がＪＳギャルを目指すのはあまりに無謀では？」

「なんだと！　全知全能のわたくしにできぬことなどない！」

「ほら、さっそくキャラ作りにボロが出ていますし」

「あ〜ンもう最悪ぅ〜！　激ヤバ〜！　ちょーありえな〜い！」

なんだろうこのやりとり。突っ込み所が多すぎて、どこから突っ込んでいいかわからない。

志遠が静かに混乱していると、響鬼と呼ばれた男性店員はコトリとカウンターになにかを置いた。

「まあ、主はああ言っていることですし、どうかここは主のもてなしを受け入れていただけませんか。我々が怪しさ大爆発なのは承知していますが、少なくとも、あなたを取って食うつもりも騙すつもりもありません」

志遠を迎え入れるように、響鬼が両手を広げる。ちなみに、まだ表情はない。本当に歓迎しているのだろうか？

少女が志遠の手をくいくいと引っ張った。

「響鬼の言うとおりよ。わたくしが人をもてなすなんて、千年に一度あるかどうかの奇跡的行動なんだから、四の五の言わずにさっさと座るべし！」

「は、はあ」

よくわからないが、少なくともぼったくり目的ではないようだ。

志遠は少女に導かれるまま再び椅子に座った。すると、カウンターテーブルには小鉢と杯が置かれていた。

「まずはつきだしからどうぞ。こんにゃくの田楽です」

志遠は黙ったまま、小鉢を眺めた。手作り感のある陶製の小鉢の中に、不揃いな形をしたひと口サイズのこんにゃくが入っていて、赤茶色の味噌だれがかけられていた。

おずおずと、窺うように響鬼を、そして少女を見つめる。すると少女はニッコリとした。

「この田楽は絶品だぞ。なにせこんにゃくがうまい。それに、味噌だれもわたくしが何度も味見をしたから、味は保証つきだ！」

「味見っていうか、つまみ食いですよね」

「そのような卑しい真似はせぬよ！　ジッと見ていたら、ひとつ口に放り込まれるのだ！」

「単に根負けしているんですよ。主が物欲しそうに凝視するから」

なんだとう～!?　と怒り出す少女を尻目に、志遠はゆっくりと箸を取った。

大丈夫かな。やっぱり騙されているような……。いや、さすがにこうまでして、人を騙すなんてことはないだろう。待て、そんなことはない。人の裏切りなんて日常茶飯事のように、仕事で何度も目にしてきたじゃないか。

ぐっと志遠は唇を引きしめる。やっぱり帰ったほうがいいような……そう思ったところで、きゅうと腹が鳴った。

「あ……」

思わず志遠は自分の腹を押さえる。夕食を取らないで仕事をしていたから、すっかり空腹だった。そして、照明が反射してきらきら光るこんにゃくの田楽は、あまりにおいしそうに見えた。

こくりと生唾を飲み込む。

（やっぱり、食べたい。だってとても……おいしそうなんだもの）

こんにゃくの田楽なんて何年ぶりだろう。実家に住んでいた頃はたまに食卓にのぼる日があって食べていたが、東京に移り住んでからは一度も口にしていない料理だった。

あまりに素朴で、地味だからだろうか。しかしだからこそ、志遠の心はきゅっと切なくなる。こんにゃくの田楽には、不思議な郷愁を感じさせるものがあった。

意を決して、箸で摘まんで食べてみる。湯がいたこんにゃくはぷりぷりした歯ごたえで、甘辛い味噌にはほんのり柚子の風味があった。

「あ……おいしい」

「そうであろ～！」

少女が満足げな表情で白い歯を見せる。よほどこんにゃくが褒められたのが嬉しいようだ。もしかするとこの食べ物になにか思い入れがあるのかもしれない。

「田楽のお味噌が、とてもまろやかです。あまりしょっぱくなくて、それなのに味噌の風味は色濃く残っている感じで」

一度食べ出すと、止まらなかった。もうひとつ、もうひとつと口に入れてしまう。

「こちらの田楽味噌は、赤味噌の他にみりんや砂糖、そして卵黄を混ぜています。そして柚子で香りづけをすることで、爽やかな味わいを楽しむことができます」

響鬼が丁寧な口調で説明を始めた。

「なるほど。お味噌に卵黄を混ぜているから、まろやかなんですね」

「はい。弱火にかけて、ダマにならないようにじっくり混ぜて作るようです」

たしかに、味噌だけを味わってみても舌触りはなめらかで、ダマは一切なかった。とても丁寧に作られていることが、料理が苦手な志遠でも理解できる。

「この田楽はな、日本酒とも合うのだ。ほら、わたくしが注いでやろう」

少女が徳利を傾けて、杯に酒を注ぐ。

……そういえば、少女はこんな夜中に居酒屋で、なにをしているんだろう？　両親はいないのだろうか。それとも保護者が近くにいるとか。

さまざまな疑問が浮かんだが、少女が笑顔で杯を差し出してくるので、志遠は思わず受け取ってしまった。

「群馬県の地酒、『水芭蕉《みずばしょう》』です」

響鬼が酒の紹介をしてくれる。

「そういえば、こんにゃくも群馬県産なんです。群馬は、日本で一番こんにゃく芋が生産されている県だそうですね」

「し、知らなかったです」

こんにゃくなんて、身近すぎて深く考えたことはなかった。せいぜい、おでんの具にあるなあというイメージだ。

謎の少女の『奢り』で、お酒なんて飲んでいいのかな。

志遠は少し不安を覚えたが、ここで帰るのも失礼かもしれない。せっかく出されたのだから、それくらいはいただいてみよう。

そんな気持ちで、志遠はゆっくりと杯を口に運んだ。

途端、するりと喉を流れていく日本酒。鼻に抜ける香りは、まるで瑞々《みずみず》しい果物。

「あぁ……おいしい、です」

こんなにも飲みやすい日本酒があるのか。

そう驚いてしまうほど、雑味がない。フルーティな味わいは爽やかで、思わず際限なく飲んでしまいそうなほどのクセのなさが、疲れた身体を優しく労ってくれる。

まるで山の沢のような透明な清流。涼やかな水しぶきと、心地良い風。

志遠はあっという間に、杯に入ったお酒をすべて飲みきってしまった。いつの間にかなくなっていた——それくらい、酒を飲んでいる感覚がなかった。

後味にも嫌な酒の匂いがない。

「こんなお酒、初めてです」

杯をテーブルに置いて、感嘆のため息をつく。

「うむうむ。お気に召したようでなによりだ。ささ、もう一杯」

興が乗ってきたのか、少女がニコニコ顔で再び酒を注ぐ。

「いえ、さすがにいただきすぎなので……」

「硬い！　硬すぎぬかおぬし。ここまできたらもう、へべれけになるまでわたくしにつきあうくらいの豪胆《ごうたん》さを見せよ！」

「主、口調が戻っていますよ」

「ハッ！　もう、わたくしのお酒が飲めないとか空気読んでほしいし～！　大人しく諦めてわたくしの酒を飲むんだし～！」

この謎のやりとりはまだ続くのか。

本当に変な人たちだな、と志遠が思っていると、響鬼が新しい料理をカウンターに置いた。

「今宵はもう、遅いですからね。胃に負担が少ないお料理ばかりですが、しいたけの焼き物です」

灰色の、重そうな陶器の皿に、ほこほこと湯気を立てる焼きしいたけが四つ並んでいる。皿の端には大根おろしと、菊の花、そしてすだちが添えてあった。

「今の季節のしいたけは、肉厚でハリがあり、食べ応えがありますよ。お好みですだちや大根おろし、食用菊と一緒にお召し上がりください」

「は、はい……」

焼き上がりに軽く塩を振ったのだろう。しいたけには朝露のような水滴がいくつもついていた。香ばしくて、芳醇なきのこの匂いに、腹の虫が一斉に騒ぎ出す。

それはあまりに美味しそうで、食欲をそそる姿をしていたものだから、志遠はつられたように箸を取る。そして大根おろしと食用菊をしいたけに載せて口に運んだ。

しいたけを噛んだ瞬間、じゅわっと旨味が滲み出る。

塩加減はちょうどいい。大根おろしがさっぱりして食べやすく、ほろ苦く上品な菊の香りが鼻から抜ける。

「ああ」

志遠は感極まって、小さく声を出した。

それは素朴で単純な料理ばかりだ。素材も、こんにゃくとしいたけ。まったく特別なものではなく、むしろどこにでもあるといっていい。

それなのに、こんなにも味わい深く、旨みが身体にじんわりと染み渡る。身体が喜んでいる。

少女に勧められるまま、再び酒を口にすると、塩気の残る口腔が爽やかな『水芭蕉』で洗い流されていく。

おいしいものを食べる。飲み口のよい酒をいただく。

それを繰り返すだけのことが、こんなにも幸せだ。

思えば、四ッ谷の興信所で働き始めてから二年。余暇に自由に使えるようなお金はなくて、実家に帰るための休みも与えられず、朝から晩まで働かされて、こんな風に穏やかな気持ちで食事をすることなんてなかった。

（私、人生を楽しめている？）

なにもかもが虚しくなった。自分が求めていたのは、こんな当たり前の幸せだったのに。

ぽろりと涙が零れる。一滴流せば、もう止まらなかった。

涙は滂沱《ぼうだ》と溢れて、子供のように泣きじゃくってしまう。

「うっ、うっ、うえぇ……おいしい。おいしいよ……！」

志遠がずっと欲しかったものをもらえた気がした。いや、なにも料理と酒だけを望んでいたわけではない。

心が温まる時間。優しい言葉。

……それをずっと欲していたのだ。誰にも助けを求めることができず、追い詰められていくだけの生活が、つらくてたまらなかった。

今日のこんにゃくとしいたけは、志遠にとってなにものにも代えがたい『ご馳走』だ。

少女や響鬼の温かい人情が、心に染みた。

ぽん、と志遠の背中に手が置かれる。

横を見ると、少女がしみじみとした表情で志遠の背中をさすっていた。

「毎日がつらかったのだな。泣きたい時は泣けばよい。それにおぬしは、今日、善行をひとつした。極限まで心がすり切れても、善《よ》きことができたのだ。わたくしは嬉しかったぞ」

「……善き、こと？」

ぐしゅ、と洟《はな》をすすって。志遠は首を傾げる。

今日やったことといえば、事務仕事と掃除。そして浮気男と不倫女を別れさせただけだ。なんの善行でもない。むしろ身分を偽ったり口からでまかせを吐いたり、悪いことをしていたと思う。

だが、少女はニッコリと笑顔になった。

「蜘蛛を一匹、助けただろう」

「……蜘蛛？」

一瞬なにを言われたか、わからなかった。志遠はキョトンとして、自分の記憶を辿る。

そしてようやく思い出した。たしかに、蜘蛛を潰そうとした四ッ谷を止めて、外に逃がした。

「あ、あんなの、善行じゃないです」

「善行は、誰しもが善き行いだと讃えるものだけではない。己の記憶にすら残らぬほどの些末な行動。無意識の行い。気まぐれ――。それもわたくしにとっては立派な善行だ。おぬしは自分が不幸だと嘆いていながら、それでも弱く小さなものを助けたのだ」

そんな大層なことをしたつもりはない。褒められるようなことはしていない。

少なくとも、こんなにおいしい酒とつまみをご馳走されるような行いではなかったはずだ。

しかし少女は、その無意識の行為こそが素晴らしいのだと言ってくれる。

志遠は、ボロボロになっていた自分の心が、優しく癒やされるのを感じた。

「胸を張れ、娘よ。一日一回でいい。どんなに小さいことでもかまわん。善行を積み続けて、ひとつでも悪行をせぬように心がけたら、おぬしの地獄行きは必ず止められるはずだ」

少女の言葉に、志遠は目をぱちくりさせる。

地獄行きを止められる？　いったいなにを言っているんだろう。

そして、志遠はようやく重大なことに気がついた。

どうして少女は知っているのだ。志遠が蜘蛛を逃がした時、興信所には自分と四ッ谷しかいなかった。誰も見ていないはず。なのに、少女は――知っていた。

「あなたはいったい……」

志遠が訝しげに少女を見つめると、彼女はニィと白い歯を見せて笑った。

「フフ……。この世の誰であれ、わたくしの鏡に隠し事はできぬ。閻魔《えんま》だけが持つことを許される、この浄玻璃鏡《じょうはりのかがみ》に映されてはな」

じゃーん！　とかけ声を上げて、少女は小汚い手鏡を目の前に突きつけた。

志遠は事態についていけず「は？」と首を傾げる。

「えんま？」

「うむ。わたくしの正体は地蔵菩薩《じぞうぼさつ》が化身。十二天の一柱。第百八代目閻魔大王なのだ。とくと驚け。そして恐れ戦《おのの》きひれ伏すがいい」

えっへん、と自称閻魔が誇らしげに腰に手を当て胸を反らす。その姿は、小学校のテストで百点満点を取ってきた子供のようだ。

「えーと……はい、そうですか」

とりあえず頷いておこう。事なかれ主義の志遠はそう判断する。どうせ今日限りの縁なのだ。相手がなにをのたまおうとも、店を出たら他人である。今後関わることはない。

「素直にわたくしの言葉を信じるとは。その姿勢は実に好ましいぞ」

「あ、はい。ありがとうございます……」

ぱくぱくと焼きしいたけを食べながら頷く。早く食べて帰ろう。志遠の心はそれだけだ。

「ちなみにわたくしが、彼岸《ひがん》の国から現世に来た理由はな～」

「主」

気をよくして語り始めた自称閻魔の言葉に、響鬼が割って入る。

「娘さん、まったく信じていませんよ」

「なんだと!?　おぬしは、わたくしを謀《はか》ったのかっ！」

「いえ、特に信じたとも言っていませんから、嘘はついていませんね」

「そ、そうか。良かった。……ではなく！　なぜ信じぬのだ！」

きかん坊な子供のようにじたばたと手足をばたつかせる自称閻魔を見て、志遠は内心面倒臭いことになったなあと憂鬱になる。

「いやその、信じろって言うほうが無理な話じゃないですか？」

「なんと。現世の人間はここまで心がやさぐれておったのか。かつての純粋な信心深さはどこに行ってしまったのだ！」

自称閻魔はカウンターに伏せて嘆き始めた。本格的に困ったことになったなあと志遠が思っていると、少女がなにか思いついたようにガバッと顔を上げる。

「そうだ娘よ。わたくしはこの鏡で、そなたが蜘蛛を助けるところを見ておったのだ。そのような所業、人間にはできまい」

これ見よがしに、小汚い手鏡を見せつけてくる。志遠は辟易《へきえき》としながら、それを凝視した。難しい名前を口にしていたが、そもそも、その鏡がどれだけすごいのか知らないし、どこから見ても古いだけの鏡だ。別段特別な気配も感じない。

「どうせドローンでも飛ばして見ていたんでしょう？」

「泥など飛ばさぬわっ！」

「どうやらまったく話が噛み合っていないようですので、私から説明しましょう」

響鬼がふたりをなだめるように、無表情のまま解説し始めた。

「まず、そこにいる、どこから見ても小学一年生の少女は、本当に今代の閻魔なんです。威厳も貫禄も恐ろしい姿もなにもかもを黄泉《よみ》の世界においてきたので、まったく説得力がありませんが、胡散臭くとも、一応閻魔という前提でお聞きください」

「響鬼、おぬし、偉大なる黄泉の世界の王、閻魔に対し、『胡散臭い』とか『一応』とか好き勝手言っておらぬか？」

「まさか。説得しようとしているんですよ。主が目をつけた娘さん――月海志遠さんをね」

「えっ」

志遠は目を丸くした。今、彼は志遠の名前を呼んだ。それもフルネームだ。

響鬼はかけていた眼鏡をきらりと光らせ、志遠をまっすぐに見つめた。

「閻魔は、どうしてもあなたを、酒処『地獄の沙汰』に誘いたかった。実はあなた個人に話したいことがありまして、前から機会を探っていたのですよ。あなたが蜘蛛を助けたことは予想外だったようですが、救ってくれたことに感謝したくて、ご馳走したいと思ったのは本当です」

「蜘蛛は黄泉の世界において命を司る神の使いなのだ。わたくしにとっても、釈迦にとっても、大切な存在である。だから、現世でも蜘蛛を救ってくれたのは嬉しかったのだぞ」

響鬼から温かい茶をもらって、息を吹きかけながら閻魔が言った。

そして、ジロリと志遠を横目で睨む。

「響鬼が言っていた、そなたに話したい用件とはな、志遠の近くに『地獄に堕ちるべき人間』の気配がするということだ。それは魂の髄《ずい》まで腐り果てた、この世の餓鬼《がき》とも言える人間のことだ。このまま放っておけば、その人間は必ず地獄に堕ち、未来永劫《えいごう》苦しみ抜くだろう」

「地獄に堕ちるべき人間……」

志遠の脳裏をふっと過ったのは四ッ谷の顔だった。彼が普段やっている仕事、志遠に対する態度などを思い出せば、地獄行きは当然だろうな、と思う。

「わたくしはこの街で地獄行き確定の人間を探しているうち、道を歩くそなたの姿を見つけた。いや、そなたの陰に隠れて蠢《うごめ》く餓鬼の気配をだ。ゆえに、ずっと志遠を捜していたのだぞ。——なぜなら！」

閻魔はドスッとカウンターを拳で叩く。

「わたくしは、その人間の地獄行きを——なんとしても止めたいのだから‼」

「……はい？」

志遠は訝しげに閻魔を見た。彼女は決意を秘めた目で前を睨み、ヤケ酒のようにグイッとお茶を飲む。

「志遠よ。今、わたくしの管理下にある地獄はな、大変な事態になっておるのだ！」

「たっ、大変なんですか？」

「そうだ。だからわたくしは決めたのだ。地獄行きの見込みがあるやつらを軒並み極楽行きにしてやるとな。手始めに志遠、そなたの周りを浄化してやる！」

ぽかーんと、志遠は口を開けて呆気にとられた。

閻魔が自ら、地獄行きを止めたいと言い出すなんて、誰が想像するだろう。少なくとも志遠には予想外すぎた。というか、地獄に堕ちることが決まっているなら、さっさと堕としてくれたらいいじゃないか。四ッ谷とか、地獄で苦しみ抜いてほしいと真剣に思う。

不満が顔に出たのだろうか。閻魔が拗ねたようにツンツンと人差し指を当てて、小さな唇を尖らせた。

「なっ、なにも、誰かれかまわず極楽行きにしたいと言っているわけではないぞ。果たすべき義務は承知しておる。だが、わたくしにもいろいろ事情があるのだ」

響鬼はまったく表情を変えないまま、志遠の前に温かいお茶の入った湯呑みを置きつつ、口を開く。

「改めて自己紹介をさせていただきますと、私の名前は篁《たかむら》響鬼。初代閻魔大王の時代から補佐官を務めています」

「はあ……。えっ、しょ、初代閻魔大王ですか？」

ぎょっとする志遠に、彼は黙って頷く。

（閻魔大王なんてにわかには信じられないけど、もしいるとするなら、かなり昔からいるはずよね？　地獄の歴史なんて知らないけれど）

平安時代？　奈良時代？　それとも弥生……まさか縄文時代？　地獄はいつから存在していたんだろう。ただひとつ言えるのは気が遠くなるほど昔のはずで、篁響鬼は、その時代から地獄で生きているということになる。

（ちょっとこの人……『人』って言っていいのかな？　いったい何歳なんだろう）

深く考えてはいけない気がした。先ほど響鬼が『威厳も貫禄も恐ろしい姿もなにもかもを黄泉の世界に置いてきた』と言っていたので、志遠の目の前にいる閻魔や響鬼は、本来は別の姿をしているのだろう。

「先代までは、まだましだったのだ。しかしわたくしの代になってから、地獄事情は大きく変わった。わたくしが閻魔になって約百五十年経っているが、ほんに地獄は大ぴんちに陥っている！」

「はあ。閻魔さんは百五十歳なんですか？」

「閻魔大王が持つ寿命で考えれば、百五十歳は人間で言う六歳くらいですね」

「うむ。だからわたくしは、現世に来た時、人間年齢に合わせてこの姿になったのだ」

ふふんと、なぜか誇らしげに閻魔が胸を張る。

なんとなくだが……、閻魔は抜けた性格をしている気がする。無難に大人の姿にしておけば、夜中の繁華街で見かけても違和感を覚えなかったのにと、志遠は密かに思った。

「それで、その……地獄の大ピンチってどういうことなんですか？」

「よくぞ聞いてくれたっ！」

ぺぺん、と閻魔がどこからか取り出した扇子でカウンターを叩く。

「現在地獄は、深刻な鬼手不足と人口増加により、逼迫《ひっぱく》した状況にあります」

「えっ、お、鬼手不足？　人口増加？」

淡々とした響鬼の説明を、志遠が聞き返す。

「こら。わたくしが言おうとしていた言葉を奪うでないっ」

「すみません。主の無駄口が多くてつい」

「おぬし、上司であるわたくしに向かって、無駄口とかはっきり悪口言いおったな!?」

「悪口なんて。真実です」

「きえぇー！　この不良目つき悪いムスッと補佐官め！」

「相変わらず主の悪口は小学生レベルですね」

ああ言えばこう言う。このふたりはいつもこんなやりとりをしているのだろうか。

「とにかく！　今、わたくしの地獄は大変なのだ。それもこれも、人間が悪いのだぞっ」

ビシッと指さされて、志遠はうしろに身体を引いてしまう。

「いいか。地獄に堕ちる魂は、基本的に増加期と減少期にわかれている。主に人間同士の戦が原因だが、戦争が始まると、どうしても地獄行きの人間が増えてしまうのだ。しかし、戦は永遠に続くわけではない。このように、わたくしたちの忙しさには波があるのだ」

どこに隠していたのか、閻魔はカウンターの裏側からフリップを取り出した。それは手書きの折れ線グラフで、横に西暦、縦に増加期減少期と表記されている。そして、たしかに西暦の変動に合わせてカクカクと線が波打っていた。

「しかし、ここ最近の動向を見よ！」

閻魔がフリップをめくる。すると、折れ線グラフは波になっておらず、西暦の年数を重ねるにつれ、斜め上方面に上る一方だった。

「わかるか。悪行を為す人間が明らかに増えているのだ。おかげで地獄は常に満員。魂のすし詰め状態。都会の早朝の通勤電車なのだ！」

「あ、はい……。たしかに朝の通勤電車はすごいですよね」

地獄と比べてよいものか、と思いつつ、毎朝の満員電車に辟易している志遠は頷いた。

「うむ。いっそわたくしの地獄の拡張工事をしたいほどである。もちろん、そんな余裕はないがな。そして、地獄で働く鬼たちもまた、心身ともの限界寸前なのだ」

そう言って、閻魔はフリップをめくった。いったい何枚のフリップを用意したのだろう……。

そのフリップには、泣いている赤鬼や、三角座りをして落ち込んでいる青鬼などの絵が描かれていた。ちなみに、お世辞にも上手とは言えない。閻魔が描いたのかもしれない。

「悪行を為す人間の増加により、地獄には魂が常に堕ちてくる。もはや地獄で働く鬼たちは、毎日二十四時間フル稼働しているのだ。血の池を掃除するのも、針山の整備も、大変な重労働である。鬼たちは正直申して過労死寸前だ。このままではっ！」

べり、と閻魔はフリップの薄紙を剝がした。そんな小技まで忍ばせていたとは驚きである。

「地獄がブラック企業認定されてしまい、管理者であるわたくしまで地獄堕ちしてしまう……！」

薄紙の下には、閻魔が大釜でグツグツ茹でられ、泣いている絵があった。

「まあ、わたくしのことはともかく。今は鬼の過労を少しでも軽減して、魂のすし詰め状態を緩和しなければならないのだ。そのためには、人間の地獄行きを止める必要がある」

「そ、それで……地獄からわざわざやって来たんですか？」

志遠が聞くと、閻魔は「うむっ」と大きく頷いた。

「健全なる地獄運営のために、わたくしは部下を何人か連れて現世に来た。もちろん今も、法廷には三途の川を渡り黄泉の世界へとやってきた亡者が大勢いる。わたくしは毎夜、浄玻璃鏡で部下と通信し、魂の裁定も行っているのだ。まこと多忙な日々を送っている」

はあ、と閻魔はため息をついて、片手で肩を揉んだ。見た目が小学生なので、大人の真似をする子供のように、なんとなく滑稽に見える。

「だいたいだな、地獄行きが決まる罪状の種類が多すぎるのだ。かねてから少なくしてはどうかと釈迦に相談しているが、ヤツめ、虫も殺さぬ顔をして頑固さは金剛石並みだ。まったく取り合ってくれん」

憤然とした表情で、閻魔は腕を組む。

たしかに、地獄行きが決まる罪状の種類が少なくなっては、地獄に対する恐怖感が薄れてしまいそうだ。志遠はこの閻魔を見ているだけで地獄へのイメージが一気に軟化してしまった気がする。堕ちたら怖いと思うからこそ、人は悪行をしないよう自らを戒めるのだ。

「でも……地獄行きを止めるって、具体的にどうやるんですか？　さっき善行を積ませると言ってましたけど。さすがに凶悪な殺人犯とかは、無理なんでしょう？」

地獄についてそこまで詳しいわけではないが、たしか『殺生』は最も重い罪だったはず。

志遠が訊ねると、響鬼がグラスを磨きながら「そうですね」と同意した。

「地獄には深度があります。現世で言う、レベルのようなものですね。とりわけ、無間《むげん》地獄や大焦熱《だいしょうねつ》地獄に堕ちる者は、もはや更生の可能性はありません。魂がすり切れて消滅するまで、永遠に苦しむだけです」

「現世の法律は知らんがな。強盗殺生、快楽殺生、強姦は、犯した時点で度し難いのだ。そのような者に慈愛を示すほど、わたくしは甘くないぞ」

フンッと勢いよく鼻を鳴らし、茶を飲み干した閻魔が「おかわり！」と響鬼に湯呑みを渡す。

「人間は罪を犯す生き物だ。害虫は殺すだろう。性欲の本能に身を任せ、淫らに身体を重ねる時もあるだろう。それらはすべて、地獄に堕ちる悪行なのだ。しかし、そんなことでいちいち地獄に堕としていたらきりがない。そのために、布施と呼ばれる善行があるのだ」

「布施というと、どこかの新興宗教の教祖様にお金を払うことですか？」

「なんだその偏った知識は。善き行いのすべてを『布施』というのだ。そなたが蜘蛛を助けたのも布施だぞ。人助け、見返りを求めぬ親切、生き物に優しくすること。そういう善行を積み重ねていけば、いずれは悪行より善行が上回り、極楽に行けるのだ」

響鬼からお茶のおかわりを受け取った閻魔は、ずずっと湯呑みを傾けて「アチッ」と小さく悲鳴を上げた。

「近頃は、本来は来なくてもいいような人間が地獄行きになることも多いんです」

閻魔の説明を補足するように、響鬼が言った。志遠の湯呑みを取り、古い茶を捨てておかわりの茶を注ぐ。

「布施を知らぬ者が増えたのが原因だ。わたくしたちは、地獄に堕ちなくても更生可能な人間に対処して、地獄行きを止めるために現世へ来たのよ」

「そこにいるお客人も、更生中の人間ですからね」

「えっ⁉」

カウンターに志遠の湯呑みを置きながら、表情ひとつ変えずに言う響鬼に、志遠は慌てて横を見た。そういえば店に入った時に、先客がひとり、いたような。

五人分しか椅子のないカウンター席の、一番端に、その客は座っていた。まるで志遠たちの会話など耳に入っていないかのように、ずっと遠くを見て、ちびちび熱燗《あつかん》を飲んでいる。

「あの男は、わたくしが見つけたのだ。詐欺師であったが、毎日ここに通わせて己の行いを見つめさせておる。どうやら幼少よりの貧しさゆえ、心が荒んでしまったようだな」

「ある程度心を落ち着かせたところで、誰も彼を知らない土地に送ろうと思っているんです。もちろん我ら鬼が、再就職の紹介や、生活を軌道に乗せるところまできっちりサポートする予定です。この街はいいですね。なぜか小悪人が多くて、やりがいがあります」

たしかに、志遠が勤める興信所があるこの繁華街は、平和な田舎町よりも人口が多くて、群衆に紛れて悪事を為《な》しやすい。そんな人間が跋扈《ばっこ》する街は、閻魔の目的達成には恰好の場所なのだろう。

「とにかく。わたくしはうんざりなのだ。〝いい加減、地獄に来るな人間ども〟と言いたい！」

「ところで主。すっかり口調が戻っていますね。『少女姿であるならば、今時のＪＳを目指さねばなるまい！』と息巻いていたわりに、まったくキャラが固まらないですし」

「うう～。意識しないとJSになれないの。もうマジヤバ草生える～！」

「あ、草生えるは、もう死語ですよ」

思わず志遠が突っ込みを入れると、閻魔は「なんと!?」と、のけぞった。

「恐ろしい。人間の言葉の移り変わりは、もはや輪廻転生《りんねてんせい》……」

「なにを意味不明なことを言っているんですか。土台無理な話なんですよ。そもそも主は閻魔大王。真実を求めるのが役目である以上、『偽る』才能は壊滅的にないんです」

「断言するな～！」

ダンダンとカウンターを叩いて怒り出す閻魔に、志遠はふと思ったことを訊ねてみた。

「あの、先ほどあの男性を見つけた、と言ってましたが、もしかしてさっきの私のように、閻魔さんは気になる人に夜道で声をかけたりしているんですか？」

閻魔は「当然っ」と腕を組んでふんぞり返った。

「わたくしは料理も接客もできないけれど、悪人か善人かを見極めるのは得意中の得意だし！　これぞ適材適所ってヤツよね」

鼻高々に言う閻魔に、志遠は軽く頭を抱える。

「だめですよ。閻魔さんは見た目が小学生なんですから、危ないです」

「そんなことはない。悪漢など、代々受け継がれし閻魔殺法でいちころだし！」

「夜中にフラフラ繁華街なんて歩いていたら、警察に補導されてしまいますよ」

志遠が注意すると、閻魔はハッと目を見開き、しおしおと萎びた表情になった。

「警察……。そうだった。警察には、わたくしもほとほと困り果てているのだ」

彼女は人差し指をチョンチョンと合わせて、力なく唇を尖らせる。

「なぜか警察は、朝な夕なわたくしをつけ回す。そして腕を掴んで問答無用で交番に連れて行く。あやつらはなぜ、いちいちわたくしにかまうのだろう」

やっぱり……と、志遠は額を手で押さえた。

「平日のお昼は、閻魔さんの年齢だと小学校に通っていないといけないいんですよ」

「なぜだ？」

「義務教育だからです！」

びし、と人差し指を一本立てて志遠が凄むと、閻魔は「おっ、おう」と身体をのけぞらせた。

「なるほど。物心ついたら丁稚奉公《でっちぼうこう》に出るようなものか」

「全然違いますよ、いろいろ勉強するために行くんです。警察に補導されたくないのなら、今からでも外見を変えてみたらどうですか？」

「現世に来た時点で、わたくしの魂はこの身体に固定されている。少しの時間ならばどうにかなるが、長時間は無理だ。しかし、そうか……警察対策には小学校に通う必要があるということなのだな」

「だから、私が前から、小学校に通いなさいと言っていたじゃないですか」

響鬼が軽くため息をついてジロリと閻魔を睨む。その睨み顔は迫力があって震え上がるほど怖いのだが、閻魔にはまったく効いていないようだ。

「小学校に行く暇などない。……とはいえ、志遠の助言にはひとかどの説得力がある。ムスッとイヤミマンの響鬼にはないものだ」

ブツブツ文句を言ったあと、閻魔は「よしっ」と手を叩いた。

「現世の社会に馴染むためにも、ある程度の譲歩は必要と見た。わたくし、小学校に通ってやるぞ。手配するがよい、響鬼！」

「了解しました。ちなみに、小学校ではその口調を改めたほうがいいと思いますよ」

淡々と響鬼が言って、たちまち閻魔が慌てる。そして腕を組んで悩んだあと、パッと顔を上げて嬉しそうに親指を立てた。

「りょ！」

「あくまで、ＪＳギャル方面で行きたいわけですね。わかりました。せいぜいあがいてください」

「言い方ドン引き～！　ありえな～い！」

「端的に言ってうざいです」

「おぬしはマジで口が悪いぞ。現世に来て余計にパワーアップしとらんか？」

「気のせいですよ」

淡々と言ったあと、ふいに響鬼は志遠に顔を向けた。

「志遠」

「へっ……、はい？」

いきなり名前を呼ばれて、志遠は戸惑いつつ返事をした。

「あなたが助言してくれたおかげで、ようやく主が真人間の道を歩もうとして下さいました」

「おい待て、真人間ってなんだ。あたかもわたくしがおかしな人間のように」

閻魔が異議を申し立てるが、響鬼は視線も向けずにサラッと無視する。彼は閻魔の部下だというのに、なかなか扱いが雑というか、遠慮がないようだ。

「ありがとうございます、志遠」

「い、いいえ。別にたいしたことは言ってないです」

志遠は慌てて手を横に振った。謙遜ではなく、本当だ。至って当たり前のことを口にしただけである。

「いいや、志遠。わたくしからも礼を言おう」

しばらく響鬼を睨んでいた閻魔が、志遠に顔を向けてニコッと笑顔を見せる。

「どうも響鬼は言い方がつっけんどんでな。わたくしもつい反発してしまう。そなたの忌憚《きたん》のない助言は、大変素直に、わたくしの耳に入ったぞ。感謝する」

頭を軽く下げた閻魔に、志遠は戸惑った。

――変な人たち。私は当然のことを言っただけなのに、いちいち礼を言うなんて。

それが本心だとわかるからこそ、困惑してしまう。そういえば最近、志遠は誰かに『ありがとう』と言われたことがあっただろうか。また、自分が誰かに感謝したことはあっただろうか。

――ない。

だからこそ、胸の内に温かいものが広がるのを感じた。

どんなに小さなことでも。笑い飛ばしてしまいそうなほどつまらないことでも。

ありがとうとひと言お礼を言う。それだけで、こんなにも気持ちが優しくなれることを志遠は知った。

「とんでもない、です」

この二年、一度も表れることのなかった表情が顔に出る。

笑顔だ。

(ああ、久しぶりに、笑えた。嬉しい)

鼻にツンとした痛みを感じながら志遠が感慨を深くしていると、閻魔は笑みをたたえたまま、口を開いた。

「それではこれから、よろしく頼むぞ、志遠」

「はい。……え？」

目じりに滲んだ涙を拭きながら、志遠は首を傾げた。

こっくりとした味噌と抜群の相性の日本酒

水芭蕉 | 蔵元 ── 永井酒造株式会社

フルーティで透明感のある日本酒
「水芭蕉ブランド」や、ほかにもさまざまな味わいの
日本酒作りに挑戦しています。

オススメこんにゃくツマミ
こんにゃく田楽

- 板こんにゃくを幅1センチくらいの厚さに切り、
  格子状に隠し包丁を入れる。
- こんにゃくは軽く塩をして揉み、軽く湯がいて臭み取りをしておく。
  この下処理で、歯ごたえもぷるぷるになります。
- 卵味噌を作る。

  [材料 ── 赤味噌大さじ1、白味噌大さじ2、酒大さじ2、
  だしの素少々、全卵二個、ゆず]

- 鍋にダシの素と、赤味噌、白味噌、酒を入れて、
  弱火にかけながらかきまぜる。
- 溶き卵を少しずつ入れながら混ぜる
  （一気に入れるとダマになるので注意）
- こんにゃくの上に卵味噌を塗って、
  ゆずの皮を軽くすり下ろしたらできあがり。
  ※ゆずの代わりにすだちを絞ってもおいしい。

comment
**味噌と柑橘の
香りのハーモニーがたまらない、
日本酒に合う一品です★**

第二章　わたくし、善人に興味はないのです

聞き慣れたアラームの音。

カーテンの隙間からほのかに零れる朝の日差し。

(ああ、また——朝だ)

志遠がくるまっていた布団から顔を出すと、冷ややかな冬の空気が否応なく目覚めを促す。

いっそ病気にでもなればいいのに。大怪我をしてしまえればいいのに。

さすがに足を骨折したら歩けないから、あの事務所に行かなくてすむ。虫唾が走るような仕事をしなくてもいい。

志遠は布団の中でグルグル考える。やがて、ため息をつくと目を開いた。

(だめだ。この考えは……だめ)

世の中には、仕事に行きたくても行けない人がいる。病気や怪我、さまざまな理由で歯がゆい思いをしている人たちがいる。

その人が欲しいのは、志遠のような健康な身体なのだ。そんな自分が『身体が悪くなりますように』などと願ってはいけない。それはとても罪深いことだ。

(そう、私はとても恵まれているんだって、お母さんも言ってたし)

今の自分の状況は、どう見ても幸せいっぱいとは言えないのだが、志遠の身体は悲しいほどに頑丈だった。ちょっと頬がこけるほど食生活が逼迫《ひっぱく》していても、体力だけはある。四ッ谷はそんな志遠を見て「若さだな」と呟く。自分と三歳しか違わないのに、彼は時々中年男性みたいなことを言うのだ。

「起きよう」

布団の心地良い暖かさに後ろ髪を引かれながら、思い切って起き上がった。ずる休みする。そんなサボり方もできないのが志遠という人間である。むしろ、そういう小狡さがあれば、もっと人生を楽に生きられただろう。

「んっ？」

背伸びをひとつして、志遠はふと首を傾げる。

（いつもの怠《だる》さがない、気がする）

普段なら、両肩にダンベルを置いたような重さを感じて、身体を動かすのも苦痛だった。つらくて重くていっそ倒れてしまいたいと、そんなことを考えながらノロノロと出勤の準備を始めるのだが……。

その重さが、綺麗さっぱりなくなっていた。こんなにも肩が軽いのは何年ぶりだろう。

それに目の見え方も違う。ここ最近はやけに視界が狭くなっていたのだ。見えている部分の周りが常に黒い靄《もや》で覆われて、ほとんど目の前しか見ることができなかった。それなのに、今はこんなにも視界が晴れている。

「まさか、昨日の……？」

志遠は昨晩のことを思い出した。そう、『地獄の沙汰』という不思議な酒処で、とてもおいしいお酒と心温まる料理を堪能したのだ。

志遠にご馳走してくれたのは、自分を閻魔だと名乗る謎の少女。

……にわかには信じられない。酒処ではなんとなく彼女を閻魔と認めて話していたように覚えているが、こうして一晩経ってみると、やっぱりあれはいたずらだったのではないかと思ってしまう。

「だって、閻魔とか鬼とか地獄とか、現実離れしすぎだしねえ……」

酒処のスタッフに担がれたとか。そもそも、そういうコンセプトの店という可能性もある。世の中にはバラエティーに富んだ店があるのだ。執事喫茶やメイド喫茶みたいな感じで、あそこは地獄をテーマにした変な居酒屋だったのかもしれない。

「うん。考えれば考えるほど、そんな気がしてきたわ」

狭いワンルームアパートの真ん中で腕を組み、納得したように頷く。

「いずれにせよ、ご馳走してもらったことは事実だから、それだけは感謝しないとね。おかげで身体も軽くなったし、さっさと支度しよっと」

赴く先はまさに地獄のようなブラック企業なのだが、行かないという選択肢がない以上、志遠は出社するしかないのだ。

いつもよりも身軽にテキパキと支度をして、無駄に重い鉄の玄関扉を開けて家を出る。

「今日は早めに家を出られたし、たまには朝ごはん食べていこうかな」

足取りも羽がついたように軽やかだ。昨日まで、鉛の足枷《あしかせ》でもつけたみたいに一歩が重かったのに。

お酒とお料理。それだけで、こんなにも気持ちが違うものなのだろうか。でも、ひとりアパートで発泡酒を飲みスルメを食べても、こんなに疲労感が取れたことはなかった。

歩きながら考えるも、答えは出ない。せいぜい『久しぶりの外食だったから嬉しかったのかな』くらいしか理由を思いつけなかった。

「ま。いいか」

とりあえず今日の仕事は乗り切れそうだ。

志遠は電車に乗って都内繁華街最寄り駅に到着すると、駅近くにある牛丼チェーン店で朝定食を食べてから事務所に向かった。

＊＊＊

その日の仕事は、浮気調査だった。

興信所で働いて二年も経つと、浮気調査などお手の物だ。他人の事情を探る仕事に手慣れていく自分というものが日に日に嫌になるが、仕事効率が良くなるのは悪いことではない。

今日、四ッ谷とは別行動をとっている。彼は素行が悪くて口も悪い男だが、決して怠け者ではない。請け負った仕事はきちんとこなしている。まあ、その仕事のどれもが後味の悪いものばかりなので、志遠としては心中複雑極まりないのだが……。

「ヒモの浮気ねえ。ヒモのくせに浮気とか、生意気というかなんというか」

はあ、とため息をつきながら、志遠はコーヒーショップの片隅でタブレットを操作する。

調査を依頼してきたのは、とある大企業で働く女性だった。

いわゆる高所得者層。エリートというやつだ。今の志遠とは別世界の人間である。

そんな彼女と同棲している恋人が、どうやら浮気をしているらしい。

無職で、毎月女性があげているお小遣いで生活している男だ。つまりヒモである。

「私も男を飼えるくらい稼ぎたいなあ……」

不穏な本音をぼやきながら、志遠が監視しているのは男のSNSアカウントだった。写真投稿サイトと、つぶやきサイト。男は公開アカウントの他に鍵アカウントも所持しており、鍵つきは男の承認がないと見ることができない。

志遠は二ヶ月前から高校の同級生を装ってネット上で男に近づき、世間話で少しずつ距離を縮め、最近ようやく鍵アカウントに招待された。ちなみにクライアントは、この鍵アカウントの存在をまだ知らない。

男は女に養われている自覚はあるのだろう。浮気を隠す知恵は持っているようだ。

クライアントが恋人の浮気を疑ったのは些細なことからである。

男の雰囲気が変わった。それだけだ。服の趣味、今まで使わなかったフレグランスを使うようになった、下着や靴下を大量に新調した――。

気のせいではないか？　などと興信所は言わない。依頼料がもらえるなら、黒だろうが白だろうが調査する。それが志遠たちの仕事だ。

さっそく調査を始めて、志遠はクライアントの直感が正しかったことにすぐに気づいた。

男は間違いなく浮気している。

恋人に黙って鍵アカウントを持っているところも怪しいし、SNSでの言動も軽薄だ。浮気を正当化するような発言も目立つ。こんな様子なら、浮気していてもまったくおかしくない。もしかすると、クライアントもSNSで彼の発言を目にしていたからこそ、些細な変化にも不安を覚えたのかもしれない。

「はあ、ほんと……最低ね」

志遠は呆れながらコーヒーをひと口飲む。

浮気男の裏アカウントはまさに『最低』という言葉がふさわしい、醜悪な発言ばかりが並んでいた。

基本的に男尊女卑思考で、女は男に貢《みつ》いでこそ存在価値がある、などと豪語している。

志遠はつくづく、『男』のフリをして彼に近づいてよかったと思った。

どんなに腹の立つ女性への侮蔑《ぶべつ》発言を目にしても、男として「そのとおりだね」と肯定しておけば、彼の志遠に対する好感度は勝手に跳ね上がった。

もっと言えば、承認欲求が強く、自尊心が高い。マウントを取るのも好きなようだ。彼の欲しがっている言葉を使い、ひたすら賞賛し、持ち上げてやれば、彼はどんどん機嫌がよくなり、調子よくなんでも話してくれる。

その日の昼頃、この街で浮気女とデートをする情報は、難なく手に入った。

こういう人間はコントロールがしやすくて楽だ。金で動く人間、おだてれば木に登る人間は、すぐにボロを出すので仕事も早くすむ。

……と、そこまで考えて、志遠はなんだかへこんでしまった。

いつの間にか自分もすっかり興信所の調査員。四ッ谷ほどではないと思いたいが、かなり心が荒んでいる。

ツラツラと流れるSNSの発言を眺めて、小さくため息をついた。

（また悪口書いてる。女の悪口、社会の悪口、政治家の悪口。本当に悪口が好きなのね）

実際に会えば印象も違ってくるのだろうか。表立って悪口を言う人間はあまり多くはない。人は普通、本性を隠すものだ。

しかし、インターネットの世界は、隠匿《いんとく》している人間の本性が出やすい。

日常生活では聖人君子のように振る舞う人間が、ネットでは一転して徹底的な差別主義者になったりする。

良妻賢母でとおっている人間が、悪質な悪口と愚痴ばかり言っていることもある。

SNSを眺めていると、この世界に善人なんてひとりもいないのではないかと思えてしまうほど、世界は悪意に満ちていた。

――『善行を積み重ねていけば、いずれは悪行より善行が上回り、極楽に行けるのだ』

ふと、閻魔を名乗る少女が言っていたことを思い出した。

志遠はコーヒーカップをテーブルに置いて、頬杖をつく。

SNSで悪意を周囲に振りまくのは地獄に堕ちるほどの罪だろうか。そうだとするなら、どれほどの人間が今『地獄行き』と認定されているのか。

ゾッとしない話だ。少女が『地獄がすし詰め状態』と言っていたのはあながち嘘ではないのかもしれない。

「いや、なにを言ってるの私。あんなの嘘に決まってるわ。まったく」

くだらないことを考えていないで監視の続きをしよう。志遠がそう思った時、鞄の中から軽快な音がした。

メッセージアプリの着信音だ。

志遠はスマートフォンを取り出し、メッセージを表示させる。

『連絡が遅れてごめん。やっと次の仕事が見つかったんだけど、落ち着くまで忙しくて連絡できなかったんだ』

（嘘ばっかり）

思わずスマートフォンを睨み付けてしまう。メッセージを送ってきたのは、志遠の恋人二階堂智則だ。今ではすっかり愛情もすり切れているのだが、一応、まだ別れてはいない。

ヤミ金に手を出した友人の保証人となってしまい、多額の借金を肩代わりしたものの、債務が滞って、志遠を借金返済の『質』として四ッ谷の興信所に売った元凶だ。

彼がお金を返してくれない限り、志遠は興信所を辞めることができない。

いったい、借金はいくらなのか。智則はまったく教えてくれなかった。ただ、必ず返すから半年くらい協力してほしいと言われたのだ。

あれから二年。半年の猶予はとっくに過ぎている。にも関わらずいまだに借金返済の目処は立っていない。

智則とはまったく会っていなかった。会おうと志遠が言っても、仕事を探してるだの、忙しいだのとはぐらかされて会えずにいる。

メッセージアプリだって、志遠がしつこく何度もメッセージを入れて、ようやく数週間後に返信が戻ってくるぐらいだ。

本当に借金を返すつもりがあるのか。

いつ自分は自由になれるのか。

いい加減にして。また仕事を辞めたってどういうこと？　どうしてひとつの会社で長続きできないの？　私の人生はあなたのものじゃない。もう二年も待った。

早く私を地獄から解放して！

もはや智則とのメッセージ画面には、優しい愛の台詞も憐憫《れんびん》の言葉も皆無だ。

次の仕事は見つかったのか。返済の目処はいつごろか。志遠は事務的な確認のみを繰り返し続けている。そしてたまに来る智則からの返事はいつも、同情を引こうとするようなものばかり。

今回だってそうだ。連絡が遅れてごめんなんて、本当に謝罪の気持ちがあったらもっと必死に仕事をしているはず。仕事が落ち着くまで忙しかった？　連絡ひとつ取る時間くらいあるだろう。智則の本音は、志遠に返事をするのが面倒だっただけだ。

もうわかっている。二年も待てば、彼の本性は理解している。元々、ろくでもない男だったのだ。彼がどういう人間か知らず、甘い口説き文句で惚れてしまった志遠がバカだった。友人の借金を肩代わりできる経済力もなければ、ひとつの会社で働き続ける忍耐力もない。大学時代に人がよさそうに見えたのは、他人にそう見られたい彼が無責任に調子のよいことばかり口にしていたからだ。きっと借金の保証人も、よく考えずに安易な気持ちで引き受けたのだろう。あんな男に愛情を持ち続けるほど、志遠は盲目ではなかった。

ゆえに志遠が彼に望んでいるのはひとつだけ。

『仕事が見つかったのはよかったです。それで、返済にはどれくらいかかりますか？』

これだけだ。

仕事をえり好みなんてしている場合ではない。さっさとお金を返してほしい。

昔はそれなりに砕けた口調でメッセージをやりとりしていたが、今ではすっかり仕事のように事務的な文面になっている。

『本当はすぐにでも返せるんだよ。ただ、ここの会社、時々給料が遅れるんだ』

「はあ？」

志遠は思わず呆れた声を出してしまった。

『月給はいいんだけど、ちょっと経理がいい加減でさ〜。だけどもうすぐボーナスがもらえるんだよ。だからそれで、返せるよ』

『そんなことを半年前も言って、結局会社の経営が傾いたとかで、支払われなくなったじゃないですか』

『それは僕のせいじゃないだろ。会社が悪いんだ。僕、間違ったこと言ってる？』

ほら、すぐそうやって、責任転嫁をする。

悪いのは、高額給与に目がくらんでろくでもない会社に就職する智則だ。アコギな経営をしている会社だからすぐに傾くし、夜逃げ同然で経営者は逃げる。

志遠自身、四ッ谷を手伝う形での仕事で、幾度も『夜逃げ』の幇助《ほうじょ》をしてきたから、よくわかっている。それなのに、どうして智則は学習しないのか。

『でも、今の会社は僕の能力を買ってくれているんだ。だから今度こそ大丈夫だよ』

いつも大丈夫だと言うが、その『大丈夫』に根拠なんてひとつもない。智則の能力ってなんだ。彼にそんな大層な技能があっただろうか。

志遠は深くため息をつくと、心を殺してメッセージを打った。

『わかりました。それでは冬の賞与を待っています』

期待してはいけない。期待なんてできない。けれども期待しなければ、自分はずっと地獄から這い出ることができない。

自分の運命が他人まかせであることが、とてつもなく嫌になる。もう、すべてを捨てて逃げたい。智則とメッセージをやりとりしたあとは、いつもそう思うのに、怖くて実行に移せないのは、志遠という『人質』が逃げたら、智則は地獄に堕ちる——。

四ッ谷がそう言っていたからだ。その地獄とはどんなものなのか、志遠にはまったく想像できない。

すでに志遠の恋は冷めているし、智則もまた、志遠に愛情は残っていないはずだ。もし愛していたら、もっと頻繁に連絡をくれると思う。

どうして志遠はなかなか智則に決定的な『別れ』を口にすることができないのだろう。彼が別れようと言ったら即座に頷くのに。

「私は……臆病者なのかな」

誰にともなく呟き、タブレットに目を向けた。

「あなたは臆病者ではありませんよ。どちらかといえば、勇敢な善人です」

「えっ!?」

突然横から話しかけられて、志遠はビクッと肩を震わせて声のしたほうを向く。

すると、そこに篁響鬼が座っていた。

「なっ、あ、あなた、昨日の！」

「ええ、昨晩ぶりですね。おはようございます、志遠」

「お、おはようございます……じゃなくて、いつの間にそこにいたんですか⁉」

志遠は目を白黒させて、響鬼を指さした。

昨晩のことは、あまりに現実離れしていたからか、どこか夢のように思っていた。しかしこうやって隣に座る響鬼を見ると、それは確かにあったのだと否応なく認識させられる。

響鬼は『地獄の沙汰』で出会った時とまったく同じ、黒っぽいビジネススーツを着ていた。眼鏡も、髪型も、仏頂面も、すべてが昨日と変わらない。

「実は、あなたを捜していたのです」

「私をですか？　いや、それよりも、どうやって私を見つけたんですか」

「鬼のみが使えるサーチパワーを駆使しました」

「なにそれ！　その鬼とかいう設定まだ続いているんですか⁉」

「設定ではありません。私は正真正銘の鬼です。厳密に言えば、かつて当時の閻魔にスカウトされて、鬼に転生した元人間なんですがね」

「はあ……さようですか」

ここまで設定が徹底しているのなら、もはやこの男になにを言っても無駄だ。

志遠は妙に悟ってしまい、コーヒーの残りを飲んで気持ちを落ち着かせる。彼が志遠を見つけたのはまったくの偶然。そういうことにしておこう。

「それで、私を捜していたって、なにか用でもあったんですか？」

「はい」

「まさか！　昨日の飲食代を徴収するとか……ですか？」

志遠は強《こわ》ばった表情で響鬼を見る。すると彼は「いいえ」と首を振った。

「あれは主のもてなしだと、昨日も言ったでしょう。あなたは疑り深いのですね」

「だ、だって、この世はなんでも疑ってかからないとやってられないですし……」

「なるほど。そう思ってしまうほど、幸薄《さちうす》く荒んだ生活を送っておられるのですね」

幸薄く荒んだ生活……。

志遠は思わずがっくりと肩を落とす。ぐうの音も出ないほど志遠の現状を表している。

「じゃあ、どうして私を？」

「志遠を捜していた理由は複数あるのですが、ひとつは緊急を要するお願いで参りました。どうか志遠、私を助けてもらえないでしょうか」

ジッと志遠を見つめる。感情の揺らぎがまったく見えない顔には奇妙な迫力があって、志遠は後退る。

「た、助けるってなんですか。言っておきますが、お金はありませんよ」

「お金なんていりません。実は、主の小学校転入に際して大変な事態に直面してしまったのです」

「あ、主って、あの、閻魔とか名乗ってた女の子のことですよね？」

いまだにまったく信じることはできないが、昨晩出会った少女が閻魔を自称していたのは本当だ。

響鬼は黙って頷く。

「あなたに説得されて、ようやく主は小学校に入学することを決意しました。そして私は早速手頃な小学校を見繕って入学手続きを始めたのですが……」

そんな説明をしながら、響鬼は手に持っていたＡ４サイズの茶封筒から書類を取り出した。

「問題はここです。ご覧下さい」

テーブルに置かれた書類を、志遠はまじまじと見る。

「これは、家族調査票ですよね」

書類には、家族構成や勤め先などを書く欄があった。入学希望者の名前は『蔵地《くらち》耶麻《やま》子《こ》』と書かれている。

「くらちやまこ……もしかして、あの女の子の名前ですか？」

「はい。昨晩さっそく会議して決めました。さすがに閻魔という名では入学手続きに支障が出ると思ったので」

「はあ」

この設定、いつまで続くのだろう。頭の中でモヤモヤと考えつつ、志遠は相づちを打つ。

「つまり問題はここなんです。母親の欄が埋められないのです」

たしかに、書類には母親の名を書く欄があった。そして当然のようになにも書かれていない。

「ええと、耶麻子ちゃん？　は、お母さんいないんですか？」

「はい。主は閻魔ですから。閻魔は先代の閻魔が崩御《ほうぎょ》する時に誕生するもの。そもそも親という概念のない存在なんです」

「へ、へぇ～……」

志遠は口の端を引きらせながら頷いた。もしかしてこれ、本当に設定ではない？

「そ、それで……母親がいないから、空欄が埋められないんですよね。でも、どうしてそんな話を私に？」

「もちろんあなたに助けを求めるためです。この空欄に、あなたの名前を書かせていただけませんか？」

「は……、はい？」

思ってもいなかったお願いに、志遠は目を丸くする。

「人間に知り合いのいない私たちは、どうしても母親欄が埋められないのです。主には私の他にも部下がいますが、みんな鬼ですし、見た目も厳《いか》つい男ですので、とてもじゃありませんが女に扮することなどできません」

そこで響鬼は、眉間に皺を寄せて苦悶の表情を浮かべる。

志遠は『あ、初めて表情が変わったところを見た』と思った。それくらい彼はまったくと言っていいほど表情がないのだ。

「いっそ私が女装し、母を名乗る案も出たのですが……」

「いやどう考えても無理でしょ」

志遠は思わず突っ込みを入れる。響鬼は相貌こそ整っているものの、肩幅は広いし、全体的にガッシリした体格で、背も高い。どんなに頑張って女装しても、性別的に女と主張するのは難しいだろう。

「母親は急死しているといったような方便を取ることも考えたのですが、この国のシステムはなかなか融通が利きません。我々が目立たず世間に溶け込むには、無難な形で書類を提出するのが一番スムーズに進むのだと、昨晩の会議によって結論づけられました」

「なるほど……。それで、私の名前を借りようと？」

「はい。そんなことを頼めそうな顔見知りの女性といえば、あなたしかいなかったのです」

「で、でも、私たち、昨日会ったばかりですよね」

初対面にも近い相手に頼めるようなことだろうか。さすがに志遠は戸惑う。

「不躾なお願いなのは承知しています。ですが、私たちが善人と関わるのはとても稀なことですから、あなた以外の人間をすぐに探し出すのはとても困難なのです」

「私が、善人……ですか？」

志遠は首を傾げた。自分はお世辞にも善人とは言えない。やってる仕事だって法律的にグレー一歩手前、いや、ブラックに片足を突っ込んでいるような状態だ。

「あなたは善人ですよ。悪い行いがなんであるかを自覚し、悪行に染まらないよう己を律している。時に悪に傾きかけることはあっても、そこに身を沈めるようなことはない。私たちはそういう人間を善人と呼んでいます。そして、私たちが現世に来た目的は悪人を更生させることです」

「つまり……あなたたちは善人に用がない、ということですか？」

志遠が訊ねると、彼は「そのとおりです」と頷いた。

「地獄に堕ちそうな人間をあの手この手で誘い、『地獄の沙汰』で酒や食事を振る舞って、悪行を改めさせて善行を積ませる。正直、普段はそれだけで手一杯でして、善人の知り合いを作るなんて暇はないんですよ」

「たしか、耶麻子ちゃんが私に声をかけたのは、私の周りに地獄に堕ちそうな人間がいるから……ということでしたね」

四ッ谷の顔を思い出しながら言う。

「はい。正直、あなたのようなケースは大変珍しい。悪人の気配はするのに、靄のように正体が見えませんからね。もちろん、こちらはあとで対応する予定ですが、まずは主の入学手続きが先です。本音を言いますと、早急に手続きしてしまいたいのです」

「はあ、どうしてですか？」

すると、響鬼はおもむろに眼鏡のブリッジ部分を指で押し上げる。

「主は気分屋なところがありまして、明日には『入学したくない』と心変わりする可能性が高いのです。私としては、それだけは一番避けたい事態で、はっきり言えばとっとと主を小学校に放り込みたいのです」

やっぱり彼は、耶麻子を『主』と呼ぶわりに、扱いが雑な気がする。

「な、なるほど。あなた方が社会にうまく溶け込むためには、見た目が小学生である耶麻子ちゃんを小学校に入学させる必要があり、スムーズにことを進めるためには母親の欄を埋める必要があるんですね」

「はい。父親の欄は私の名を使うことにしました」

「ふむふむ。って、それ、私が母親ってことは、つまり、私とあなたは夫婦ってことになるんですか？」

ぎょっとして目を丸くすると、響鬼は無表情で「いえいえ」と手を横に振る。

「あくまで小学校に提出する書類の問題です。体面さえ整えられたら、あとはなんとでもごまかせますから」

「そ、そうですか。要は私の名前を借りたいだけなんですね」

志遠はようやくホッと安堵した。響鬼に他意はなく、志遠に期待するものもない。書類提出で名前を貸すだけなら問題はないだろう。これが智則のような借金の保証人だったとしたら即座に断る案件だが。

「もちろん、ただで助けてほしいなどと厚かましいことを言うつもりはありません。お名前をお借りする以上、相応の謝礼を用意いたしました」

響鬼は茶封筒の中から無地の白い封筒を取り出した。そして、ポンとテーブルに置く。

「どうか、これくらいでお願いできませんか？」

志遠は黙って、テーブルに置かれた封筒を見た。

厚みは二センチくらいだろうか。中身が紙幣で、しかも一万円札だとしたら、恐らく二百万円はあるだろう。

実は偽札でした、というような詐欺まがいのことを、響鬼という男はしない気がした。出所は謎だが、間違いなく本物の万札が詰まっているはずだ。

こく、と志遠は生唾を飲み込んだ。

二百万あれば、二階堂の借金を返せるかもしれない。

いや、それができなくても、黙って受け取れば、志遠の私生活は格段にレベルアップする。少なくとも安月給にため息をついて、食費を切り詰める必要はなくなる。

お金は魔法だ。

お金で買えないものはたしかにあるかもしれないが、この世にあるもののほとんどはお金で買えるものだ。あって困るものではない。それが金銭の価値だ。

名前を一度貸すだけで、大金がもらえる。

騙されているのでは、と一瞬思ったが、もう志遠は響鬼を疑う気持ちがずいぶんと消えていた。この男は謎に包まれているものの、嘘はつかない。そして人を謀らない。

しかも、この行為にはなんの罪悪感を抱く必要もない。単なる取り引き。響鬼は目的を果たすことができて、志遠は金がもらえる。いわゆるウィンウィンの関係だ。

(……だけど)

志遠は静かに唇を噛んだ。

お金は欲しい。喉から手が出るほど欲しい。綺麗事なんて言ってられない。自分はそれくらい生活が逼迫しているし、心の余裕なんてない。

(……だけど)

膝の上に置いていた手をギュッと握り、厚みのある封筒を持つと、響鬼の手に返す。

「お金は、いいです」

「そうは参りません。あなたの大事な名前を貸していただくのですから」

「いいえ。これは、私からのお礼だと思ってください」

「おっしゃる意味が、わかりません」

本気でわからないのだろう。響鬼はいつもどおりの仏頂面だが、首を傾げている。

志遠は昨晩のことを思い返した。

そして、今朝のことを――。

「昨日、あなたたちの居酒屋でいただいたお酒と、お料理。本当においしかったんです。そして、久しぶりに心が温かくなって、幸せはこんな形をしていたんだったって、私は思い出すことができました」

たった二年で心はすり切れ、大切なものを失った。

思い出したら、明日を迎えるのが辛くてたまらなくなるから、無意識に忘却しようとしていたもの。心の防衛本能が麻痺させていた感情。それが、幸福感だ。

知ってしまえば、やっぱり現実は辛いと思ってしまうけれど、それでも志遠は思い出せてよかったと思った。

寝起きをすがすがしいと感じたことを。肩や足の軽やかさを。

もう二度となくしたくない。だから、志遠は響鬼に微笑みかけた。

「耶麻子ちゃんは蜘蛛を助けたお礼だと言いました。でも、私にとって昨日のひとときは、とても大きなものだったんです。だから、そのお礼として耶麻子ちゃんのために名前を貸します」

正直、蜘蛛を一匹救ったくらいで、食事やお酒をご馳走されるのは心苦しい。

しかも、志遠が得たものは人生においての必需品。とても大事なものだった。

人は楽しさや幸せを感じることで生を謳歌できる生き物だ。その幸せは、身体だけではなく心も満たされなければ得られない。

『地獄の沙汰』は、そんな当たり前のことを思い出させてくれた。

感謝してもしたりないくらいの『貸し』だから、名前を貸して礼としたい。だからお金は受け取れない。

志遠が出した答えだ。

響鬼はしばらく黙って、志遠を見つめていた。やがてその手に渡された封筒をＡ４サイズの封筒に戻す。

「あなたは本当に善良なる人間なのですね」

どこかしみじみした口調に聞こえるのは気のせいだろうか？

そう思いながら、志遠は首を横に振る。

「何度も言いますけど……」

「ええ。自分は善人ではないと言いたいのでしょう？　人間は不思議ですね。善に近い人間ほど、己の善性を否定したがるのですから」

「う、うーん、たしかにそう言われると、そうかもしれませんね」

誰かに『あなたは善人ですね』と言われても、『はい、私は善人です』と答えられる人間はあまりいないだろう。むしろ、それに即答できる人間ほど、本当に善人なのか疑わしいところだ。

「まあ、いいじゃないですか。私の名前、ちゃちゃっと書いちゃってください」

「はい。それではお言葉に甘えて」

響鬼はスーツの胸ポケットから万年筆を取り出すと、サラサラと書類に志遠の名を書いた。

『蔵地志遠』。

完全に偽名であるが、これまで何度も職業詐称をしているのだ。今さらだろう。

（嘘をつくと、地獄に堕ちて鬼に舌を抜かれるって聞いたことあるけど、こういう嘘はいいのかな？）

そんな疑問が脳裏をチラとかすめたが、志遠が想像する地獄と本物の地獄は様子が異なっているのだろう。

（だって地獄が本当にあるとしても、確認できるのは、死んだ人だけだものね）

昔話や古い絵で見る『地獄絵図』は、その時代の人間が作り上げた創作物に過ぎない。この世で生きている以上、人は地獄の真実を知ることなどできないのだ。

ふと、志遠はいつの間にか自分が、響鬼や耶麻子が鬼や閻魔であることを受け入れているのに気がついた。

あんなにも疑っていたのにおかしな話だ。あまりに響鬼の言動が自然で、嘘をついているようには見えないから、信じてしまっているのかもしれない。

「ありがとうございます。大変助かりました」

「いえいえ。これくらいはお安い御用です。それじゃあ私は、仕事がありますので失礼しますね」

志遠はタブレットを鞄にしまって席を立った。

もう少し浮気男のSNSを監視していたかったのだが、予想以上に響鬼との会話が長引いてしまった。そろそろ浮気男の現在の居場所を探しに行かなければならない。

響鬼に会釈して、志遠はコーヒーショップをあとにした。そして歩きながらタブレットでSNSを表示させ、ターゲットの裏アカウントを確かめる。

「……うん。やっぱり、外出してるみたいだわ」

こういう時、自分の行動を逐一SNSで報告するタイプの人間は追跡が楽である。

人差し指で画面を操作しながら呟くと、真横から低い声が聞こえた。

「ふむふむ。このタブレットに載っている写真は、大通り一番街の広場ですね。現在、あの広場はフードイベントの特設会場になっているので、とても目立ってわかりやすい」

「そうですね……って、ええっ⁉」

思わず相づちを打ってしまった志遠は、すぐさまズサッと飛び退いた。

いきなり声をかけてきたのは響鬼だ。彼は茶封筒を手に持ったまま、先ほどとまったく変わらない無表情を顔に張り付けて立っていた。

「ちょっ、響鬼さん。もうお話は終わったでしょう？ これから私、仕事なんですよ」

「はい。もちろん承知しています。実はしばらくの間、私は時間が許す限り志遠につきまとうことにしましたので、どうか私のことはお気になさらなず、仕事をしてください」

「ええ⁉ いやいやいや、困りますよ。なぜ私につきまとうんですか！」

そんなことをされたら仕事にならない。四ッ谷のようなプロが同行するのならともかく、素人を連れて尾行なんてしたら、すぐに相手に気づかれてしまう。そして、ひとたび浮気男に興信所の存在がばれてしまったら、間違いなく今以上に警戒するようになるだろうし、結果、クライアントが求める証拠を摑めなくなってしまうだろう。

もしここで失敗したら、四ッ谷からそれこそ地獄のような説教を食らうのは確実だ。それだけは避けたい。

「すみませんが、帰ってくれませんか。この仕事はとても気を遣うんですよ」

人を尾行するのは神経を尖らせなければできない。決定的な現場を目撃したら写真を撮って証拠にするのだ。もし近くで響鬼がうろうろしていたら、気が散って仕方ないだろう。

「私に話があるのでしたら、また今度、『地獄の沙汰』で聞かせてもらいますから」

「いえ、そういうことではないのです。先ほどもコーヒーショップで少し話をしましたが、あなたの周りに、地獄に堕ちるべき人間がいるのですよ。私はその人を見つけなければなりません」

ぴたりと、志遠は足を止めた。そしてゆっくりと響鬼を振り返る。

「それってもしかして、四ッ谷さんのことを言っているんですか？」

「ヨツヤ？　誰ですか、それは」

「あなたが言う、地獄に堕ちそうな人間です。私の周りにいる人で可能性があるのは、彼くらいしか思いつきません」

ぎゅっとタブレットを握りしめて言う。

「彼はその、素行が悪いしガラも悪いし、お金のためならなんでもやる極悪人だし、私を安月給でこき使うし、それにここだけの話ですが、彼、ヤがつく方々と繋がってるみたいなんですよ」

「ヤがつく、というと……ああ、存じていますよ。反社会的勢力のことですね」

「そうです。本当にタチが悪い人なんです。血も涙もない鬼なんですっ」

四ッ谷に関することなら、ポンポン悪口が思い浮かぶ。志遠は思わず拳に力を入れて熱弁してしまった。

響鬼はそんな志遠を凝視したあと、腕を組んで物思いにふけるような仕草をした。

「ふむ。現世の人が鬼と呼ぶ人間ですか。興味がありますね。機会がありましたら是非、会ってみたいものです」

「はい……じゃなくて。そういうことだから、ここは帰ってもらえませんか？」

志遠は響鬼をなんとか説得しようとする。しかし、彼は無表情で首を横に振る。

「そのヨツヤという男も気になりますが、他にもいるかもしれませんからね」

「いや、だから、ついてこないでほしいって言ってるんですよ！」

こうして響鬼と話している間にも、刻一刻と時間は過ぎていく。志遠はなかなか響鬼が言うことを聞かないので、さすがに焦り始めた。対して響鬼は、至って落ち着き払った様子だ。

「なるほど。私がいると、あなたの仕事がうまくいかなくなるから、嫌なんですね？」

「そっ、そうです。なんだ、ちゃんとわかっているんじゃないですか」

志遠はホッと胸を撫で下ろした。どうやら意図は伝わっているらしい。

「では、私が志遠の役に立つのなら、あなたと行動してもよいということですね」

「はい、そのとおり……じゃなーい！」

志遠は思わずその場で大声を上げてしまった。興信所の調査員としてあるまじき行動である。ハッと我に返って、キョロキョロとあたりを見回した。平日昼間の繁華街はそれなりに人が多い。何人かは志遠の声に反応してこちらを見たようだが、すぐに興味を失い、通り過ぎていった。

「な、なにを言っているんですか。そもそもあなたは、私がどんな仕事をしているかも知らないでしょう？」

「たしかに詳細はわかりませんが。志遠はSNSサイトでチェックしていた人間を、これから探しに行くところなのでしょう？」

（ちゃんと理解してる⁉）

「そのSNS、見せてもらえませんか」

響鬼に手を差し出され、志遠は戸惑いながら、おずおずとタブレットを渡した。彼は慣れた手つきで操作し、浮気男がSNSに載せた写真を表示して拡大した。

「ふむ、たぶん身長は百八十三センチぐらいでしょうね。日本人男性の中では比較的背の高いほうですから、これなら雑踏の中でも容易に探し出せるでしょう」

「ど、どうしてこれだけで、身長までわかってしまうんですか？」

予想もしていなかった浮気男の身長まで断定され、志遠は戸惑う。

「歩きながら話しましょう」

響鬼はタブレットを持ったまま歩を進めた。慌てて志遠も追いかける。

「スマートフォンで写真を撮る時、カメラのレンズは自然とその人の視点と同じ高さになります。日常で自撮り棒を使う人はあまりいませんし、普通はこうやって写真を撮るでしょう？」

響鬼はビジネススーツの懐からスマートフォンを取り出し、自分の目に合わせるようにかまえた。

「あ、なるほど！　たしかに……！」

「もっと言えば、この画像は斜め下に傾いていますね。カメラをまっすぐかまえて撮ったのではなく、三十度ほど斜め下に向けて撮影ボタンを押したのでしょう。この写真から見える風景の高さ、そして角度を計算すれば、男の身長は約百八十三センチくらいだろうということになるわけです」

「う、うわあ……」

なんだろう。まるで探偵だ。興信所で二年働いてきたが、そんな計算を、志遠は一度もしたことがない。

「さて、件《くだん》の広場に到着しましたが……。ええ、あそこがちょうどいいですね。行きましょう」

すたすたと響鬼は歩いて行く。志遠も早足であとを追った。

繁華街の中心部にある広場では、頻繁にさまざまなイベントが開催されている。今はフードイベントをしているようだ。クリスマスカラーに彩られた屋台には、香ばしい匂いが食欲をそそるスモークターキーや、体が温まりそうなホットチョコレートなど、クリスマスにちなんださまざまなテイクアウト商品が並んでいる。

（そういえば、もうすぐクリスマスか）

志遠はぼんやり考える。ここ二年、クリスマスになにもしていない。せいぜい、スーパーで見切り品のローストチキンを買うくらいだ。

「このあたりでいいでしょう。おそらく、あの背の高い男ではないですか？」

広場の手前で足を止めた響鬼が、チラと目配せをする。志遠も顔を動かさず、ゆっくりと目を動かして横を見た。

すると、三メートルほど先にあるゲームセンターの壁際に、背の高い男が立っていた。下を向いて、スマートフォンを弄っている。

志遠はポケットからスマートフォンを取り出して、クライアントから提出された男の写真を表示させた。

「当たっています。すごいですね。こんなに早くターゲットが見つけられたのは初めてです」

「お褒めにあずかり光栄です」

「でも、こう言ってはなんですが、ちょっと距離が近くないですか？　彼が顔を上げたらすぐに視認されそうなんですけど」

普段の志遠は、ターゲットに見つからないよう、物陰に身を潜めている。だが、今は男の真っ正面に立っていた。少しでも志遠が怪しい行動をしたら、すぐに気づかれてしまいそうな距離である。

「彼は私たちの顔を知らないのですから問題ありません。ただ、できるだけ男に顔を向けないように。そうですね、屋台でなにか買ってきましょう。私たちはフードイベントを楽しんでいる客として振る舞うのです」

「な、なるほど」

辺りを見ると、みんな、屋台からテイクアウトしたものを思い思いの場所で食べていた。たしかにこの場に溶け込んでしまえば、怪しまれることはないだろう。

響鬼は屋台のほうへ歩いて行き、しばらくして、紙コップをふたつ持ってきた。

「甘酒が売っていましたよ。クリスマスにちなんだフードイベントなのに、和風ですね」

「本当だ。……いただいていいんですか？」

志遠がおずおず聞くと、彼は頷く。

「ええ。野外は寒いですし、甘酒は身体が温まりますよ」

「あ、ありがとうございます」

こんな風に、誰かになにかをご馳走してもらうのは、ずいぶん久しぶりだ。志遠はありがたく甘酒をもらって、ゆっくりと口にする。

「ああ、生姜がいいアクセントになって、本当に温まりますね」

「甘酒は栄養もたっぷりありますから、この季節はありがたいです」

響鬼もこくこくと喉を鳴らし、甘酒を飲んでいる。

不思議だ。昨日出会ったばかりだというのに、響鬼は不思議と志遠に警戒心を抱かせない。顔は常に無表情で、近寄りがたいほど目つきが悪いのに、どこか和やかな雰囲気があるのだ。

（変な人だなあ。……って、人じゃないんだっけ？）

本人曰く、響鬼は鬼なのだ。にわかには信じられないが。

「あ、動きましたね」

「えっ」

唐突に響鬼が言うので、志遠は慌てて顔を向けそうになってしまったが、すぐに思いとどまる。冷静になれと深呼吸ひとつして、横目でチラとゲームセンターの壁側を見た。

すると、件の浮気男がそこで若い女性と楽しそうに話をしている。

「ずいぶん若い女性ですね。大学生くらいかな」

「ＳＮＳにはそういう情報はなかったですか？」

「女と会う。簡単にヤれる。ホテル代は女に払わせる。……とか、言ってましたけど」

思い出すと胸の中が黒くなる。志遠は思わず顔を顰めるが、響鬼は至って無表情だ。

「なるほど。女性は、ブランドの洋服と鞄がやけに目立っていますね。裕福なのでしょう」

男はヒモだ。稼ぎはない。顔のつくりは整っているので、それだけを武器にして女を食い漁《あさ》っているのだろう。まさに女の敵だ。

「うう〜。あんな男、徹底的に痛い目に遭わせてやりたい。浮気の確たる証拠さえ手に入れば、クライアントに報告できるのに……！」

カラになった甘酒の紙コップを握りしめて、怒りに震える志遠。しかし、一方で響鬼は眉ひとつ動かさなかった。

「おや、移動するようですね」

「早速ホテルに行くってわけですね。尾行しましょう！」

志遠は鼻息荒く意気込み、移動するふたりのあとをついて行く。

「いいですか、響鬼さん。尾行は慎重に。特に平日昼間のホテル街は、人通りがとても少ないので、彼らに不審がられないように適度な距離を保ちつつ歩くのがコツですよ」

「なるほど。あなたの仕事は、あの男が女性となにかよからぬことをしている証拠を、画像に残すことですか？」

「そうです。できれば、ホテルに入った時と出た時の写真を撮りたいです。あと、何時間くらい滞在していたか。証拠はあればあるほどいいです」

「理想は、相手の女性の素性がわかることですか？」

「クライアントがその情報を求めた時、即座に出せたら完璧ですね」

志遠が答えると、響鬼は「なるほど」と頷いた。

「では、私は彼女の素性を洗ってきましょう。私の想像どおりであれば、そう時間はとらないと思います。あなたのスマートフォンの番号を教えていただけますか？　それから念のために、男の写真をメールで送ってください」

「あ、え……は、はい」

言われるままに、志遠は電話番号を教えて、メールで男の写真を送った。

「では、あとで落ち合いましょう。しばらく、尾行はお任せ致します」

そう言うなり、響鬼は影のようにするりといなくなってしまう。

まさに足音ひとつ立てずに、どこへともなく消えてしまったことに驚き、志遠はしばらくきょろきょろと辺りを見回してしまった。

「す、すごいなあ。推理もできるし、行動も的確だし。鬼なのがもったいないくらいだわ」

思わず助手に欲しいと考えてしまった志遠は、慌てて首を振って考えを打ち消す。

そして注意深く、自分の足音に気をつけながら、浮気男の尾行を続けた。


浮気男と女が案の定ホテルに入って一時間――。

しっかりとその現場の写真を撮った志遠は、ホテルの入り口脇にある自販機の裏でふたりが出てくるのをじっと待っていた。

はあ、と息を吐くと、ほんのり白い。見上げれば今にも雪が降ってきそうな空模様だった。

「冬だなあ」

ぽつりと呟く。冬は嫌いではないが、どこかもの寂しい雰囲気がある。

いや、それは人によるのかもしれない。クリスマスは目前で、それが過ぎたら正月だ。

忘年会シーズンということもあり、盛り上がる人はおおいに盛り上がっているだろう。楽しい毎日を過ごしている人のほうが圧倒的に多いはずだ。

それに比べて自分は、ぎらぎらとネオンが輝くホテル街で、自販機の裏に隠れて、見知らぬ男と女がホテルから出てくるのを今か今かと待っている。

「いいなあ……」

虚しい。時々心が折れそうになる。いや、いっそ折れてしまったほうが楽だ。

「はぁ〜〜〜」

志遠が額に手を当てて長いため息をついていると、ふと、背後から影が落ちていることに気がついた。

顔を上げると、いつの間に戻ってきていたのか、無表情の響鬼が志遠を見下ろしている。

「うわっ!?　帰ってきたならひと声かけてくださいよ」

「すみません。なにやら物思いにふけっているようでしたので、邪魔してはいけないかな、と」

「別にたいしたこと考えてませんから。それにしても、どうしてこの場所がわかったんですか？」

「鬼のサーチパワーで、志遠の居場所は手に取るようにわかるのですよ。コーヒーショップでも言ったでしょう」

淡々と言われて、志遠は肩をガックリ落としてしまった。たしかに、そうだった。迷惑極まりないが、彼は本当に胡散臭い鬼の力とやらを使って志遠の居場所を特定しているのかもしれない。

「寒かったでしょう。こちらをどうぞ」

そっと渡されたのは、ほかほかの肉まん。コンビニで買ってきたのだという。

「わ、ありがとうございます。さっきも甘酒をいただいたのに、すみません」

「このくらいはたいしたことではありません。ですが、礼を口にする姿勢はとても善いことですよ」

まるで教師のようなことを口にして、響鬼はもうひとつ持っていた肉まんを頬張った。志遠も立ち上がって、はむっと肉まんを食べる。

口の中で肉まんの餡《あん》がほろほろと崩れ、旨味がじんわり身体に染み渡る。寒空の下、温かい肉まんを食べる幸せは極上だ。

（おいしい……）

昨日からずっとこの調子だ。口にするものすべてがおいしい。腹はもちろん、心も満たされていく。すると、なんだか元気が湧いてきた。生きる気力というものは、こういう風に湧き出るものなのだろうか。

「食べながら聞いてもらいたいのですが」

「あ、はい」

温かい肉まんについほのぼのしてしまっていた志遠は、慌てて口元を指で拭った。

「先ほどの男のパーソナルデータと、今までに関係を持った女の情報が取れました」

「ええっ⁉」

淡々とした響鬼の報告に、思わず大声を上げてしまって、慌てて口に手を当てる。

「失礼、少々訂正します。関係を持った女すべてを特定とまではいきませんでした。あくまで、この辺りに住む女性に限るということで……」

「待ってあの男、いったいどれだけの女に手を出してるの⁉　……じゃなくて、どうしてそこまでわかったんですか⁉」

努めて小声で、志遠は響鬼に言いつのる。彼はなんてことないというように、眼鏡のツルを指で押し上げた。

「男の整った相貌と軽薄な雰囲気。この繁華街の歩き方も非常に慣れた様子でした。それで、ちょっと思い当たるところがあったので、聞き込みをしてきました」

「思い当たるところ……？」

「ホストクラブですよ。この街にはたくさんありますから」

ポン、と志遠は拳を打った。たしかに顔が整っていて、ナイトワークに抵抗がなければ当然その職業を選択してもおかしくない。

「三軒目で当たりでしたね。もう退職していますが、写真を見せたら思い出してもらえました。稼ぎは良かったようですが、素行が悪く、ギャンブルにはまり、カードローンの債務が滞って経営者に給料を前借りしたことがあるそうです」

「うわ～絵に描いたようなダメ男ですね」

そんな男のなにがいいのだろう。彼をヒモにして養っているクライアントの気持ちがさっぱり理解できない。

「その頃から女性遍歴は激しく、結局、女性関係のトラブルでホストクラブを退職しました。その後、大企業で役職に就いている女性と同居し始めたようですね」

「あ、それが私のクライアントですね」

志遠が言うと、響鬼は「ええ」と頷く。

「女性は、ホストクラブの元常連で、その男が『推《お》しメン』だったようです」

「お、推しメンね……」

志遠の口元が若干引きつる。言っていることは理解できるのだが、仏頂面な響鬼が『推しメン』という言葉を使うと、違和感が半端ない。

「ひと頃は女遊びも落ち着いていたようですが、三ヶ月ほど前から、クラブ嬢、キャバ嬢、ガールズバーの女性スタッフなどに声をかけて回っていたようで、証言も取れました。あとで音声データをお送りします」

「すみません。ありがとうございます……」

どうしよう。響鬼が有能すぎて志遠には立つ瀬がない。

「そしてこちらが、三ヶ月前から男と関係を持っている女のデータです。いずれもナイトクラブのサイトに顔と源氏名が載っていました。全員の本名は摑めませんでしたが、数人はSNSサイトを公開しており、特定できるのは時間の問題だと思います」

そう言って、響鬼は志遠に小さなUSBメモリを渡した。

「わざわざデータ化までしてくれるなんて、本当に助かります」

響鬼の仕事が完璧すぎて、文句ひとつない。まさにパーフェクトだ。居酒屋の店員ではなく、興信所の調査員に転職したほうが良いのではないかと思うほどである。

「あの、響鬼さん」

「はい」

淡々と返事をする彼に、志遠はおずおず問いかけた。

「あなた、本当に鬼なんですか？」

「ええ、鬼ですよ」

「でも、まったくそうは見えませんよ。ずっと地獄にいたわりには、インターネットに詳しいし、スマホの操作も慣れたもの。他にもいろいろなことを知っているようですし」

「それは当然です。私は主——閻魔大王の補佐官で、彼女を補佐するために現世に来たのですから。主の活動に必要な知識はすべて身に付けますし、技術も手に入れます」

当然のことだと言わんばかりの響鬼に、志遠は呆気にとられる。

言うは易しだが、そんな簡単に知識や技術を習得することなどできるのだろうか。それとも、人間ではなく鬼だからこそできる芸当なのだろうか。

「こうやってあなたの仕事を手伝っているのも、主の意図に添っているからです。私は、あなたの周りにいる悪人を探さなくてはいけないのですからね」

「あ……そういえば、そういう話でしたね」

たしかに最初はそんな話をしていたのだった。響鬼は志遠の周りにいる『地獄に堕ちるべき人間』を探し出すために、志遠につきまとっているらしい。

ただ、志遠が迷惑がるので「役に立つのならあなたと行動してもよいということですね」と、響鬼は圧倒的な有能さで志遠の仕事を手伝ってくれているのだろう。

「な、なるほど～。……正直、とても助かりました」

「それは良かった。では、引き続き私は志遠の仕事を手伝いながら、本来の目的を全うさせていただきます」

「う、う～ん。まあ、いいのかな……？」

誰に迷惑をかけているわけでもない。響鬼がいると仕事も滞りなく進む。……どころかいいことずくめだ。

しかしその時、地獄から這い出てきたような低い声が聞こえた。

「なにがいいんだ？　月海」

「えっ」

思わぬ声に、志遠はぎょっとして振り返る。

するとそこには、黒いハーフコートのポケットに両手を突っ込む四ッ谷がいて、不機嫌そうに志遠を睨んでいた。

「四ッ谷さん！」

「人が真面目に仕事してんのに、お前は昼間っから男とデートかよ。余裕だな」

「ち、違いますよ。この人はそういうんじゃありません。だいたい、どうしてここにいるんですか？　四ッ谷さんは今日、恵比寿方面に出かけていたでしょう」

「そっちの仕事が終わって、帰宅途中だったんだよ。帰り道に、お前を見つけたんだ」

「帰り道って、事務所はホテル街の反対側じゃないですか」

志遠が指摘すると、四ッ谷はイライラと眉間に皺を寄せた。

「俺がどの道を使って事務所に帰ろうが自由だろうが。それよりお前、ちゃんと写真撮れてるのか？　男と仲良く話してて、決定的な瞬間を逃したりしていないだろうな」

「だから、響鬼さんはそういうんじゃないんです。むしろ私の仕事を手伝ってくれたんです」

「はあ？」

訝しげな表情をする四ッ谷に、志遠はポケットからUSBメモリを取り出して見せた。

「調査の協力をして下さって、このとおり、クライアントが希望している情報がすべて手に入りました。……その、四ッ谷さんに相談なく行動したのは……謝りますけど……」

志遠が喋るにつれ、四ッ谷の顔は凶悪な怒り顔に変わっていき、志遠の声がだんだん小さくなっていく。

（どうしよう。めちゃくちゃ怒ってる。他人にクライアントの依頼情報を漏らしてしまっ

たからかな。でも、使える手はなんでも使っていいって、四ッ谷さんは普段から言っているのに）

四ッ谷は独自の情報提供者を持っているし、悪い連中とも繋がっている。文字どおり使えるものはなんでも使って、どんな依頼もこなしていた。だったら、志遠だって響鬼に手伝ってもらってもいいはずだ。

「そういう問題じゃねえよ」

四ッ谷は唾棄《だき》するように言った。そしてギロリと響鬼を睨む。

「うちの所員に余計なことをするな」

「ふむ。あなたが志遠の上司。四ッ谷、ですか？」

「月海とどういう関係だ。名前で呼ぶような仲なのか？」

「昨日が初対面ですよ。志遠からいろいろと苦労話をお聞きしました。ずいぶん彼女を手酷く扱っているようですね」

野犬が牙を剝くように威嚇《いかく》する四ッ谷に対し、響鬼はいつもどおりの無表情ぶりである。

四ッ谷は志遠を横目で見た。そして身体が底冷えするような笑みを浮かべる。

「へえ？　月海はこの男に俺の陰口を叩いていたわけか」

「うっ!?　そ、それは、その……」

視線を泳がせ、志遠は口の中でもごもごと言う。だって仕方ないではないか。嘘は言っていないし、実際彼は志遠を安月給でこき使っている。興信所がブラック経営であることは誰よりも四ッ谷自身が自覚しているはずだ。愚痴を零すくらい許してほしい。

「悪し様に言われたくないのであれば、まずは自分の行動を改めるべきでは？」

感情がまったく載っていない声で、響鬼が淡々と指摘する。四ッ谷はやけにゆっくりした仕草で、彼に視線を戻した。

「お前、名前は？」

「篁響鬼と申します」

軽く頭を下げて自己紹介した響鬼に、四ッ谷は「ハッ」と鼻で嗤った。

「ずいぶんと余裕だな。その飄々とした態度は素か、それともキャラか？」

「難しい質問です。演技をしているつもりはありませんが、こういう性格で臨もうとしている部分もあります。なにせ私は、かつて備えていた人間性というものを、すっかり忘れてしまったので」

「ああ？」

意味がわからないと、四ッ谷が眉を顰《ひそ》める。

(あ、やばい。これは四ッ谷さんがキレる流れだわ)

志遠は不穏な空気を感じて、慌ててふたりの会話を止めようとした。だが、一歩遅く、響鬼が口を開いてしまう。

「私は地獄から現世に来た鬼。人間であった頃は平安時代ですので、その記憶も性格も忘却してしまいました。ですので、私の今の『性格』は、主と共に現世へ来た時に再構築したものになります。それをキャラクターと言うのでしたら、そのとおりかもしれません」

シン、とあたりが静まった。

静寂に満ちたホテル街で、志遠は『ぷちっ』となにかが切れる音を聞いた気がした。

「はぁ……？　鬼だと、地獄だと？　お前、頭がぶっとんでんのか。クスリかなにかやって、ハイになってるのかよ」

「クスリとは、この国で違法とされている類のものを指しているようですね。でしたら否とお答えしましょう。私の思考は至って正常です」

「そうか。じゃあお前のアタマが元々おかしいんだな。なら、今すぐそのふざけたアタマを矯正してやるよ！」

言うか言わずか。四ッ谷は突然、拳で響鬼に殴りかかった。問答無用にもほどがある。

志遠は驚きに目を見開いたあと、恐怖のあまり顔を背けて目を瞑ってしまった。

バキッと、硬いものがぶつかる音がする。

おそるおそる目を開けば、四ッ谷の右ストレートが響鬼の頬にしっかり入ったところだった。

(どうしようどうしよう！　まさかいきなり殴るなんて。警察。警察を呼んだらいいの？　あとそう、病院。救急車！　とにかくすぐに連絡しなきゃ)

志遠はポケットからスマートフォンを取りだした。しかし手が痙攣したように震えていて、まともに持てない。案の定、すぐに地面に落としてしまった。

「あ、あ、ごめんなさい。響鬼さん、痛くないですか。いや、痛いですよね。ごめんなさい。こんなことになるとは思わなくて。ごめんなさい。すぐに連絡しますから」

四ッ谷がこんなに暴力的な男だったなんて。いや、少しも想像していなかったと言えば嘘になる。チンピラみたいな男なのだ。四ッ谷と出会った瞬間、響鬼に逃げてもらえばよかった。もう本当に怖い。嫌だ。逃げたい。こんな男と仕事をしているのが苦痛で堪らない。志遠は頭の中でぐるぐる考えながら、地面に落ちたスマートフォンを拾う。

「ごめんなさい。今、電話、電話しますから」

「なにに慌てているのかわかりませんが、とにかく落ち着いてください志遠」

「はい、大丈夫です。安心してください。私はちゃんと落ち着いています。……じゃなくて、ええっ⁉」

志遠はもう一度響鬼を見て、恐怖も忘れて思わず言葉をなくしてしまった。なぜなら、四ッ谷に殴られたにもかかわらず平然と、そして微動だにしていなかったからだ。

頬を殴られたはずなのに、どこにも跡がない。

「お前の顔、鉄でも仕込んでいるのか」

四ッ谷が低い声でうめいた。見れば、彼の拳のほうが赤く腫れている。たしかに生身の拳で鉄を殴ったときのように痛そうだ。

「私は鬼です。鋼《はがね》の皮膚を持ち、背丈ほどの長さの金棒を振り回せる筋力がある、人とは違う存在。人間の拳など、小石がぶつかるほどの痛みも感じない」

「ひ、ひええ……」

ようやくここにきて、志遠は響鬼が本物の鬼なのだと思い知った。

相手が人間なら、拳で殴れば怪我をするもの。どんなに身体を鍛えたボクサーであっても、殴れば血が出るのだ。しかし響鬼の顔には痣《あざ》ひとつ見当たらない。

本当に、鬼は人間と身体のつくりが違うのだ。その真実に、志遠の背中はぞくりと寒くなる。

「化け物か」

ぎり、と四ッ谷が歯ぎしりをする。

「ええ、そのとおり。私は人間にとって化け物です。鬼は恐怖の象徴でなければならない。鬼の存在意義は人に恐れられること。地獄に堕ちたくないと、心からそう思ってもらえるように努めるのが、我々鬼の仕事です」

地獄とは、悪行を為した人間に罰を与える処刑場だ。

犯した罪の重さに比例して罰の強度も増す。その罰を与えるのが鬼だ。だから鬼は、地獄そのものを体現するような存在でなくてはならない。

だからこその鋼の皮膚、そして強靱な筋力なのだろう。

「四ッ谷。あなたがこのまま変わらずにいれば、黄泉の世界に旅立った時、必ず地獄に堕ちるでしょう」

氷のように冷たい声で、響鬼は顔色ひとつ変えずに言う。

「言動の粗暴さ。素行の悪さ。他人を思いやる気持ちは皆無。あなたの地獄行きを回避するには、直ちに己の行いを改めるべきです」

まるで僧侶の説法のような言葉だ。しかし四ッ谷は、そんな説得をあっさり受け入れるような男ではない。志遠がそう思ったとおり、彼は鼻で軽く嗤い飛ばした。

「死んだあとのことなんか知るかよ」

「地獄の苦しみが想像できないからこそ、言えるのですね。死してなお、終わらない苦痛を与えられて、ようやく人は己の行いを後悔するのです。ですが、その時はもう遅いのです」

「うるせえ。そういうことはな、もっとマトモな人間に言ってやれ。俺は生きている限り他人の指図は受けるつもりはない。利用できるものはなんでも利用する。そこの志遠と違って、利口な人間だからな」

小馬鹿にしたような目で見られて、志遠はビクリと肩を震わせた。

「こいつは馬鹿で人がいいから、いつまで経ってもいいように使われるんだ。そして世の中ってのはそうやって成り立っているんだよ。利口でずる賢い人間が馬鹿で素直な人間を利用して、社会はここまで成長したんだ。でも、俺は踏み台にされる人生はごめんだ」

はっきりと言われて、志遠は目を見開く。

――馬鹿で人がいいから、いいように使われる。

それは悲しくなるほどの真理だった。名ばかりの恋人を見捨てることができず、いまだにこの苦しみから逃れることができない。そして、嫌だ嫌だと思いながらも四ッ谷に使われている。

志遠は唇を噛んだ。自分がもっと利口で、他人に冷たくできたら、こんな状況に追い込まれることはなかったのに。それをわかっていながら、いつまでも自分を変えることができない。悔しくて堪らなくなる。

俯いた志遠を、響鬼は黙って見つめた。そして、再び四ッ谷に顔を向ける。

「四ッ谷。まず手始めに、志遠に優しくするところから始めてみてはいかがですか？」

「はあ？　なに言ってんだ」

「隣人ひとりに優しくできたら、次は他の人にももっと自然に優しくできるはずです。あなたの魂は決して邪悪ではありません。改善の余地はありますよ」

その言葉を聞いて、四ッ谷のこめかみがぴくりと動く。よく見れば、青筋が立っている。

これはものすごく怒っている。さっきから怒っているが、怒りのレベルが振り切れた感じだ。普段からいつも不機嫌な様子の四ッ谷だが、こんなにも怒りを露わにしている彼は初めて見たと志遠は思った。

「それはあれか？　俺の性根は優しいはずだから、自分の心に正直になれとか、そういう類の説教をしているつもりか？」

「ええ、理解が早くて助かります。あなたの本質は悪ではありません。ただ、残念なことに性格がねじ曲がっているようです。ですから、もしうまく更生できないのでしたら、私の店に来てください。酒と料理でも楽しみながら、ゆっくり話をしましょう」

響鬼は無表情で両手を広げた。どうやら彼は、四ッ谷を『地獄の沙汰』に招こうとしているらしい。

志遠は内心ハラハラした。四ッ谷がこんな話に乗るとは考えにくい。すさまじく機嫌が悪いし、このままでは再び喧嘩になってしまうだろう。

どうやら響鬼は人間と身体のつくりが違うらしいので、再び四ッ谷が殴りかかることはあっても、怪我をすることはないようだ。だからと言って暴力的な行為を見過ごすわけにはいかない。

「あっ、あの」

志遠は慌てて声を上げた。しかし、四ッ谷が唐突に「はあ」とため息をつく。

「――やめた。つきあってらんねえ」

クルリとうしろを向く。そしてハーフコートのポケットに両手を突っ込んだ。

「俺ぁ帰るわ」

「えっ、事務所に戻るんですか？」

「ああ。これ以上イカレ野郎と話していても疲れるだけだからな。もういい」

どうやら響鬼を相手にしても無駄だと思ったようだ。寒風がひゅうと吹き、四ッ谷のコートの端が揺れる。

「月海。クライアントの男がホテルから出てくるところは、写真に撮っておけよ」

「は、はい」

志遠が返事をすると、彼は「まったく」とか「すげー疲れた」などとブツブツ呟きながらホテル街を去って行く。

響鬼はそんな四ッ谷の後ろ姿をジッと見たあと、くいと眼鏡のブリッジを押し上げた。

「なんというか、ずいぶん怒りの沸点の低い人間ですね」

「そうですね……はい」

否定できないので頷く。ちょうどその時、ホテルから浮気男と女が揃って出てきた。志遠は慌ててデジタルカメラを取り出し、しっかりふたりの様子を写したのだった。

＊＊＊

トボトボと、志遠は重い足取りで帰路に就く。

響鬼とは、まもなくあのホテル街で別れた。どうやら彼が探している『地獄に堕ちるべき人間』は、四ッ谷ではなかったらしい。志遠には四ッ谷が悪人にしか見えないが、響鬼から見ると、彼はまだ『セーフ』の位置にいるようだ。

「すみませんが、またよろしくお願いします」と言って、響鬼は『地獄の沙汰』に帰っていった。おそらくは、また志遠が仕事をしている時に、鬼のサーチパワーを使ってやってくるつもりだろう。

それよりも、だ。

志遠は自分が思う以上に、気持ちが沈んでいた。

ホテル街で四ッ谷に言われたことを、どうしても忘れられなかったのだ。

――『こいつは馬鹿で人がいいから、いつまで経ってもいいように使われるんだ』

ため息をつく。吐息は白く、唇は氷になってしまったように冷たい。

「人がいいって、まったく褒め言葉じゃないよね。だって、馬鹿ってことだもん」

ぽつ、と呟く。

正直者が馬鹿を見るというのは昔から言われることだが、ある意味において真理だ。世の中を賢く渡っていくのに、正直さは時々邪魔になる。

「もっとズルくなれたらいいのに。どうして私は……」

繁華街の大通りには、まだ日差しがわずかに残っていた。志遠が腕時計を見ると、夕方の五時を回っている。普段の多忙ぶりを考えれば、こんな時間に帰れるのは奇跡にも近い。

事務所に戻った志遠は、早速報告書をまとめて四ッ谷に提出した。普段ならそれで仕事が終わるわけもなく、ひたすら掃除をさせられたり事務処理をやらされたりする。だが、今日の四ッ谷は妙に疲れた様子で、黙っていた。

志遠は四ッ谷と響鬼との昼間のやりとりを思い出していた。相手が鬼だったから良かったものの、いきなり殴りつけるなんて暴力的すぎる。普通なら即警察に通報するところだ。志遠がしなくても、目撃者が連絡する可能性だってある。その時、困るのは間違いなく加害者の四ッ谷だ。そう考えると、だんだん志遠はイライラしてきた。

「四ッ谷さん。さすがに、あんな口論でいきなり手を出すなんてダメですよ」

ソファに座って背を向ける四ッ谷にキツい口調で言う。

だが、彼はなにも返してこない。どうやら志遠の言葉を無視しているようだ。

余計に苛立って、志遠は四ッ谷の前まで移動した。

「四ッ谷さん、聞いてますか？　ちょっとは反省してください。どんなチンピラでも社会で生きる以上、法律は守らないといけないんですよ」

「あン？　お前、人をチンピラ呼ばわりして偉そうに説教か」

「チンピラはつい言葉に出てしまったので謝りますけど、それでも今日のことは四ッ谷さんが悪いです。今度響鬼さんに会ったらちゃんと謝ってくださいよ。暴行罪で訴えられてもおかしくないいんですからね」

「相手は鬼なんだろ。ふざけた話だが、あれだけ頑丈なら訴えないだろうさ。俺の拳もてんで効いてなかったしな。むしろ俺が怪我したんだから、訴えるのは俺のほうで――」

「四ッ谷さんっ！」

志遠がじろりと四ッ谷を睨む。すると彼も負けずに底冷えするような鋭い目で志遠を睨み返した。

「私はあなたが嫌いだしこんな会社は早く辞めたくて仕方ないけど、四ッ谷さんが罪を犯して捕まるところを見るのは嫌なんですよ」

こんな男、さっさと地獄に堕ちればいい。そう心から思っているが、一方で彼には罪を犯してほしくないのだ。自分でも矛盾した思考だと思っている。

けれども、それが志遠の本音だった。

正直、四ッ谷は怖い。失敗して恫喝《どうかつ》された時なんて、身体が震えるほどだった。しかし今ではだいぶ慣れた。四ッ谷は普段から人相が悪いので、睨み顔くらいでは萎縮しなくなってしまった。いちいち怖がっていたら仕事にならない、ということもある。

ふたりはしばらく黙って睨み合う。やがてため息をつき、目をそらしたのは四ッ谷が先だった。

「つくづくお前は、人がいい馬鹿だな」

志遠の心に、その言葉がぐさりと刺さる。

「お前くらいだよ。俺に偉そうに説教するヤツは。俺を怖がっているくせに妙に生意気になりがやって」

「説教なんてしてるつもりはありません。ただ、私は注意しているんです。よくないことはよくないって、誰かが教えないといけないじゃないですか」

「あー、はいはい真面目なこって。たしかに、手を出したのは悪かったよ。だが、仕方ないだろ？　俺の部下捕まえてなにナンパしてやがるんだって声かけたら、自分は鬼だ、俺は地獄行きだなどと、頭のイカレたこと抜かしやがる。つい、頭に血が上っちまったんだよ」

どうやら四ッ谷も、いきなり殴ったこと自体は悪いとわかっているらしい。

志遠は軽くため息をついた。

「私もなかなか信じられなかったですけど、本当に鬼みたいですよ」

「お前もたいがい変なヤツに好かれるよなあ。二階堂とか、変な鬼とか。普通なら、とっとと逃げるだろ」

「智則さんに関しては、彼が返済を終えたら別れるつもりですし、そもそも、もう付き合っているとは言えないですけど……響鬼さんは悪い人じゃないですよ」

「俺は『私は地獄から来た鬼だ』なんて抜かした瞬間、あ、こいつヤベエ、変なヤツだ、って思うけどな」

「私も最初は似たようなことを思いましたけど、嘘はついてないみたいだから、本当に鬼なんでしょうね。世の中って私が思ってたより深くできているみたいです」

「月海は思考が柔軟すぎるっつうか、包容力ありすぎっつうか……。いや、馬鹿なだけか」

さっきから馬鹿馬鹿と罵倒されて、志遠はムッと顔を顰める。だが、四ッ谷は志遠を見ていなかった。膝に頬杖をつき、ローテーブルに置いてあった煙草の箱を片手で取る。

「まあ、今日は妙に疲れた。月海はもう上がれ。俺もこれ吸ったら事務所閉める」

「……わかりました。あの、次に会った時、ちゃんと響鬼さんに謝ってくださいね」

「しつこいな。気が向いたらな」

シッシッと手を振って、志遠を追い出すような仕草をした。

ぞんざいな態度に嫌な気分になりながらも、志遠は黙って帰り支度をして「お疲れ様でした」と事務所をあとにしたのだ。

シャンシャンシャン、シャンシャンシャンシャン。

どこからともなく、鈴の音と共にアップテンポのクリスマスソングが聞こえてくる。

ホテル街を通り過ぎ、薄暗い飲み屋通りを横切って大通りに出ると、クリスマスカラーに彩られた美しいイルミネーションが志遠を迎えた。

「綺麗だなあ」

思わずそんな言葉が零れる。

まるで他人事のよう。きらきら輝く別世界。テレビで見る海外の景色みたい。

手を伸ばしても届かないもの。昔はそんな光景に手が届いていた気がするのに、あの時はどう摑んでいたのか、もう今の志遠は思い出せない。

「帰ろ」

可愛くデコレーションされたドリンクを持って談笑している制服姿の女子高生たちとすれ違いながら、志遠はとぼとぼと俯いて歩く。

ベンチに座っている若いカップルは、イルミネーションを背景に写真を撮っていた。

志遠と同じようなビジネススーツの人もたくさんいる。みんな、クリスマスの雰囲気に浮き足立っているように見えた。

(楽しそう。いいなあ。私も……今日はクリスマスっぽい夕飯にしようかな)

まだクリスマスには早いけれど、今の時期はどの店にもクリスマスらしい惣菜が並んでいる。帰り道のスーパーで照り焼きチキンと安い缶チューハイでも買おう。

(なんだろう。少しずつ、自分が変わってきているような気がする。って言うより昔に戻れているのかな)

今まではそんな風に思うことはなかった。

あの興信所で働き始めて、志遠は常に自分の境遇を嘆き、自分をこんな状況に追い込んだ恋人を嫌いになり、四ッ谷に恨み言を零していた。繁華街を歩くと、幸せそうな人々を羨み、それに比べて私はと、自虐的になってちっとも楽しいことを考えられなかった。

それなのに今日はどうだろう。朝から身体が軽かった。朝ご飯もちゃんと食べたし、不思議と前向きな考え方になることが多かった。今も、楽しそうに街を歩く人達を羨ましいと思いながら、自分もおいしいものを食べようと考えている。

四ッ谷にいろいろ言われてへこみもしたけれど、自分は今日、少しだけ泥沼から首を出せたような気がする。

そんなことを考えながら歩いていると、ふと、大通りの街角で、やけに目立つ人が立っているのを見つけた。

(すごい、大きい男の人がいる)

ぼさぼさの黒い髪の男は、青色の生地に白色のラインが入ったスカジャンと、鋲《びょう》のついた革のパンツを穿いていた。相撲取りほどではないが、そうだと言われても違和感がないほど身体が横にも縦にも大きい。しかし肥満体というわけではなく、身体のつくりがとてもガッシリしていることが遠目にもわかる。プロレスラーなどの職業が似合いそうな雰囲気だ。

志遠が近づくと、男は彼よりもふた回りは身体が小さい男たちに囲まれていた。巨体の男は困ったように身体を縮こまらせている。

「だからさ～、肩がぶつかったわけ。お前の岩みたいな肩に！　ぶつかったわけ！」

「ゴ、ゴメンなさい……」

「ごめんですむ話じゃないのわかってるよね～。出すもの出すのが誠意だよね～」

「いやデモ、オレ、わざとジャナイ」

「こいつやっぱり外国人だろ。なあ、一応日本語話してるし、言葉わかるよな。あのさ、日本の法律では、肩がぶつかったら金払うって決まってるんだよ。これマジな話」

「ほ、ホントウか？　ソウなのか、シらなかった」

志遠は頭が痛くなった。そんな法律あるわけがない。明らかに巨体の男はチンピラに絡まれているのだ。

「いいから金出せよ。とりあえず財布チェックだな」

「俺マジで肩痛いし～！　病院行かね～とな！　あ～痛い痛い。死ぬわこれ！」

「長引いたらそれだけ治療費もかかるし、連絡先も聞いておこうか。あとさっさと財布出せよ。とろいヤツだな」

「さ、サイフ……困る。これ、オレの金ジャナイ。ミセの……」

「そんなこと言ってる場合か？　さっさとしねーとコレが飛ぶよ」

チンピラのひとりが威嚇するようにファイティングポーズを取る。

「こいつ元ボクサーなんだよね。やべーよ、痛いよ～」

「ウウ……ダケド……」

巨体の男は困ったようにぎゅっと懐を抱きしめて、助けを求めるように辺りを見た。しかし、近くを通る人々は目をそらして足早に去って行く。みんな、関わり合いになってトラブルに巻き込まれるのを恐れているのだ。

志遠はいったん通り過ぎたあと、ゆっくり足を止める。そして、きゅっと唇を引きしめ、走り始めた。

逃げたのではない。小走りで向かったのは交番だ。

「すみません。あの大通りの角で、外国人を恐喝している人たちがいます」

志遠の通報を聞いて、数人の警察官が同行してくれた。一緒に現場に向かうと、巨体の男を囲むチンピラたちは、彼のスカジャンを摑み、無理矢理財布を奪い取ろうとしていた。

警察官が近づき、恐喝していた男たちに声をかける。何人かはすばやく逃げたようだが、主犯らしき男は捕まったようだ。意味不明な言葉をわめきながら、交番に連行されていく。

「ふぅ……。良かった」

自分ひとりではなにもできないが、こうやって助けを呼ぶくらいはできるのだ。

志遠はホッと安堵して、帰ろうとする。

「スミマセン、そこのヒト」

背後から声をかけられた。振り向くと、先ほど恐喝されていた巨体の男が目の前に立っていた。スカジャンに覆われていてもわかるほど筋肉質で、人相がひどく悪い。眉が太く、顔は厳つく、口の端から鋭い八重歯が見え隠れしていた。チンピラはよくこんな怖そうな男を恐喝したなあと思うほどだ。

「あなたのこと、ケイサツにイわれた。あなた、オレを助けてくれたヒト」

「あ〜、別に、助けたってほどじゃないですよ」

志遠は英語が話せない。外国人を前にして、どうしたらいいかわからなくなる。だから、にへらと愛想笑いをして手を横に振って去ろうとした。しかし男は真面目な顔をして、志遠を追いかけてくる。

「ちょっと、ジジョウチョウシュ？　しないといけない。ケド、待っていてホシイ」

志遠は内心「困ったなあ」と思った。どうやら男は、志遠になにか話があるらしい。けれども自分は警察を呼んだだけだ。他にはなにもしていない。改まって礼などを言われたら、かえって恐縮してしまうだろう。

「申し訳ないですけど、私も急いでいて……」

そう言いながら男を見上げると、彼はつぶらな瞳をうるうると潤ませて志遠を見ていた。

相貌は四ッ谷よりも凶悪で、身体も大きいのに、目だけが無垢な子供のようだ。

その、すがるようなまなざしに、志遠は「うう」とたじろいてしまう。

「わ、わかりました。ちょっとだけなら、待ちます」

思わずそう答えてしまうと、男はパァッと明るい笑顔になった。ちなみにやっぱり顔が怖いので、笑顔でも人相が悪い。

「良カッタ！　じゃあ、一緒にコウバン、行きまショウ」

男はニコニコして、志遠を連れて交番に向かう。

顔は怖いけれど、悪い人ではないようだ。カタコトの日本語だが、口調は丁寧だし、志遠の歩幅に合わせて歩いてくれる。

（ま、いいか。観光客の外国人なら不安なことがあるのだろうし、この際アドバイスをしてあげてもいいかもね）

東京の中心部にあるこの繁華街は、どんな店も揃っていて遊ぶのに事欠かないが、キャッチセールスは多いし、悪質な客引きも絶えない。いいところ、悪いところ、どちらも教えてあげたら、今後の観光に役立ちそうだ。

志遠は交番の中で待たせてもらった。十五分ほど経った頃に、奥の部屋から男が戻ってくる。

「待たせた。スミマセン。もう、終わった」

「それは良かったです。これからは、なにかトラブルに巻き込まれたらすぐに交番に行くといいかもしれないですね」

志遠がそう言うと、男は深く頷いた。そして警察官に礼をして交番を出る。

「ホントウに助かりマシタ。ゼヒ、お礼ヲさせてくだサイ。オレの持っている金、オレのじゃない。ミセのだから、取られなくて、ヨカッタ」

「そんな、お礼なんていらないですよ。それにしても……ミセって、お店ってことですか？　つまりあなたは、観光客じゃないんですか？」

「カンコウキャク？　よくわからないけどチガウと思う。オレ、ミセでシゴトしてる」

なんと、志遠の勘違いだった。この男は観光客ではなく、普段から街で働いているのだ。

「そうだったんですね。お店のお金ってことは、買い物でも頼まれていたんですか？」

「ソウ。食材が足りなくて、頼マレタ。買えるミセに向かっていたら、ぶつかった」

「なるほど～。それは災難でしたね」

志遠は心から同情する。ああいう人間はどこにでもいるので、会うか会わないかは完全に運まかせになる。だからこそ、出くわした時には冷静に対応するのが一番だ。

「相手にしないのが一番ですよ。あまりにしつこかったら、交番に駆け込むんです。世の中にはわざわざ待ち伏せしたり、あとをつけたりする厄介な人もいるみたいですが、そういう時も、慌てず警察に頼るのがいいと思いますよ」

「そうダナ。助言アリガトウ。オレ、司命《しみょう》という。この大通りの裏にある酒処、『地獄の沙汰』で働いてイル」

「えっ……『地獄の沙汰』ですか!?」

志遠は驚いて、司命を見上げた。

「知ってイル、ノカ？」

「あ、はい。昨日、お邪魔したばかりです」

「ホントウか。オレ、普段は厨房で司録《しろく》の手伝いしてるカラ、見なカッタナ」

「あれ、でも、そういうことなら、あなたはもしかして鬼、なんですか？」

志遠は声を潜めて聞いてみた。

『地獄の沙汰』は、閻魔大王である蔵地耶麻子が、部下を使って経営しているらしい。部下は鬼だと響鬼は言っていたので、司命も鬼なのだろうか。

すると彼は驚いたように目を見開いた。

「どうして、知ってイル？　客には、話していないはずナノニ」

「ええと、それには理由があるみたいなんです。お店の買い物があるなら、おつきあいがてら歩きながら話しますね。実は……」

司命と並んで歩き、近くの大型スーパーに入った。志遠の説明を聞きながら、司命は真面目な様子で何度も相づちをうつ。

「ナルホド、理解シタ。そういえば、主と響鬼が話してイタナ。餓鬼のような悪人に苦しめられている善人がイルト」

「その善人って私のことですか？　でも、餓鬼のような悪人って誰だろう……。四ッ谷さんじゃないみたいだし」

志遠は歩きながら考える。四ッ谷よりも悪い人なんて、あまりいないと思うのだが。

「ソレを見つけるために、主は志遠を見つけ、響鬼は志遠の周りを嗅ぎ回っているのダロウ。悪人トハ、賢《さか》しいモノダ。隠れ、偽るのが得意ダ。地道に探すシカナイ」

司命はメモを見ながら買い物をし始める。大根、ネギ、そして調味料売り場で白味噌をカゴに入れた。

「このらべるの味噌を買いたカッタ。このミセにしか売ってイナイ。大根は、今の時期ならどれでもオイシイと、司録が言ってイタ」

「たしかに、大根は冬が旬ですもんね」

「ウム。このミセは東京のケイヤクノウカから直接野菜を仕入れてイルノダ。ちなみに大根はおすすめダゾ」

「へえ……。最近、スーパーといえばお惣菜しか見てなかったですね」

料理する気力がまったく湧かなくて、ここ一年ほど、志遠は自炊から遠ざかっていた。しかし、たまには料理をするのもいいかもしれない。

買い物は、志遠が思っていたよりも数が多くて、会計を済ませた司命は、両手にエコバッグをいくつも抱えていた。見かねた志遠は、袋のひとつを取り上げる。

「近いですし、お店まで持って行きますよ」

「アリガトウ。志遠は優しいナ」

「優しくなんてありません。重そうに見えたから大変だなと思っただけです」

どうしてか、まっすぐに優しいと言われると照れてしまう。志遠が目をそらして唇を尖らせると、司命は微笑ましいものを見るような目をした。

「本当……鬼らしくないですよね。司命さんも、響鬼さんも」

「どういう意味ダ？」

十二月の寒風を感じながら、すっかり日の落ちた繁華街を歩く。志遠の言葉に、司命が不思議そうに首を傾げた。

「たしかに顔は怖いし、身体も大きくて、見た目は鬼っぽいですけど。中身が全然鬼っぽくないというか。優しいし、酷いこともしないし、乱暴なこともしないです」

むしろ人間のほうがよほど乱暴だし、酷いことをするように思える。

すると司命は志遠の言葉を吟味するように顎を撫で、夜空を眺めた。

「オレの本来のシゴトは、主の書記官ダ。初代の閻魔大王に仕えた時カラ、ズーット、黙って字ばかり書いてイタ。言葉を話したのは、今代の主と共に現世に来た時カラダ」

「え、そうなんですか？」

「ウム。だからオレ、響鬼や司録ミタイニ、言葉、うまく話せナイ。牙がジャマで、口を動かすのがムズカシイ。カラダの擬態もヘタ。ツノもうまく隠せナイ……」

心なしかしょんぼりした様子で、司命が俯いた。ぼさぼさ髪で隠れているが、よく見ると、額の両端から尖ったツノのようなものが二本、ちらりと見えた。

「志遠は誤解してイル。オレたち鬼は、人間に怖がられるために怖い姿をしているケド、本当は怖いことは好きジャナイ。乱暴もキライだ。オレだけじゃなく、響鬼も司録も、地獄にいる鬼も全員ソウダ」

志遠は驚きに目を見開く。顔を上げた司命は、ひどく真剣な目をした。

「鬼は、人間に罰を与えるモノ。それがシゴト。罰は、必要だから、やってイル」

「司命さん……」

志遠が彼を見上げると、司命は寂しそうに前を見ていた。そこには、クリスマスに彩られた街を歩く、人々の姿がある。

「ヒトは、未熟な生き物。迷うし、苦しむし、悩む。正しい道を踏みはずすときもアル。それでも、善行が悪行を上回れば、必ず救われる。……それなのに」

ぎゅ、とエコバッグの袋を握りしめ、司命は目を伏せた。

「――最近は、取り返しのつかない過ちを犯す人間が、多スギル」

飲み屋通りに向かって歩きながら、司命はポツポツと話し出す。

昔も大罪を犯す人間はたくさんいた。中には、志遠には想像つかないほどおぞましい罪を犯した者もいた。

だが、ごく一部の人間に過ぎなかったのだ。それに比べて今は、罪の深さはそれほどではないものの、地獄堕ちと判断せざるを得ない人間が増えている。

閻魔は現状を憂いた。なんとかしなければならないと、部下を連れて現世に来た。

「地獄行きの条件は多イ。虫を一匹殺しても、地獄ニ堕ちる条件にナル。でも、どうしてソレが多いのかといえば人間自身に己を戒めさせるためダ。自己に甘えないように、厳しくしてイル」

悪いことをすれば地獄に堕ちる。

だから人は地獄に堕ちないように生きようと努力する。

少なくとも、昔はそういう考えをする人間が多かったのだろう。

けれども、時代は変わった。この国で、心から神を信じ、神に祈る者は極端に少なくなった。参拝はイベントになり、その証となる御朱印はスタンプラリーと化している。

「閻魔は厳しいけれど、大らかダ。小さな罪は、善行を重ねることで、地獄行きを止めることができる。それナノニ……」

司命が困ったようにため息をついた。

志遠はそんな彼を黙って見上げることしかできない。

――『死んだあとのことなんか知るかよ』

今日の昼、四ッ谷が響鬼に言い放った言葉を思い出す。

あれは、多くの人間の本音ではないだろうか。死んだあとのことよりも、生きている今を楽しめたらいい。自制なんてせず、欲望のままに生きたい。

正直なところ、志遠にだってそういう思いはある。死後なんて想像もつかないから、『地獄に堕ちたくないから善行を重ねよう』なんて思考にはなれない。

もし、そんな人間がいるとするなら、その人はとても信心深いのだろう。

こんな『現代』で、果たして人間の意識を変えることなんてできるだろうか。それでもどうにかしなければならないと閻魔は思ったからこそ『地獄の沙汰』などという酒処を経営し始めたのだ。

「ちょっと隣人を気遣ウ。今日は誰かに優しくスル。その気持ちを繰り返せばいいだけなノニ。いつの間にか人間は、まったく、余裕がなくなってしまったように見エル」

「そう、かもしれませんね」

司命の言うことは、ある意味正しい。

満員電車に毎日乗っていると、悲しくなるほどそれを実感する。多くの人は、自分のことしか考えておらず、他人が困っていても素知らぬふりだ。

社会的弱者に対し、舌打ちする人間。SNSに書き込まれる心ない愚痴と悪口。

全員がそうではない。優しい人はもちろんいる。けれども、閻魔や鬼が危惧するように、誰かに優しくできない人間は……増えている。

地獄なんて知らないから。死んだあとのことなんて、どうでもいいから。

考えてみれば途方もない話だ。東京の片隅に酒処を一軒作ったところで、どうにかなることなのだろうか。

志遠が物思いにふけりながら飲み屋通りを歩いていると、赤い提灯が見えてきた。

赤や青、黄色、紫。周りはさまざまな店の電光看板できらきら輝いている。その中で、古風な赤い提灯はどこか異質で、飲み屋通りの中でも浮いていた。

近くのスナックから男たちが出てくる。機嫌よくなにかを話しながら、ふらついた足取りで違うスナックに入っていく。

飲み屋通りに漂うのは、強いアルコールと饐《す》えた下水の臭い。志遠はその二種類の悪臭に、自然と顔を顰めてしまう。

『地獄の沙汰』の前まで来て、志遠は司命にエコバッグを渡した。

「私ではあまり力になれないと思いますけど、応援してますね」

すると司命は困った顔をした。

「寄っていってホシイ。礼がしたい」

「結構ですよ。帰宅途中の寄り道でしたから、このまま帰ります」

ここから電車の駅に行くまでの間にも、スーパーがある。そこで夕飯を買おう。

そんなことを考えて、志遠は司命に頭を下げる。

「それでは……」

「ちょっと待て～い！　わたくしに顔すら見せずに去るつもりかおぬし。非道にもほどがあろうっ！」

踵を返した志遠のうしろで、ガラッと引き戸が開く音がしたかと思うと、幼い少女の声が飛んできた。

振り返ると、そこには仁王立ちする閻魔大王。もとい、蔵地耶麻子がいた。

「あ、こんばんは」

「うむ、こんばんは」

「閻魔様、小学校入学おめでとうございます。蔵地耶麻子ちゃんって名前にしたみたいですね」

「そうなのよ。グレートキュート女子小学生蔵地耶麻子ちゃんは、近くの私立小学校に通うことになったの。見よっ、このイケてる制服姿っ！」

店の前で、耶麻子がくるんとひと回りする。

都内にある、有名な私立小学校の制服だ。耶麻子が動くとプリーツスカートがフワフワ揺れる。たしかに見た目は可愛いお嬢様だ。お世辞にも中身は可愛いと言えないのだが。

「わたくしがあまりに可憐だからであろう。そこの大通りでモデルにならないかと誘われたのよ。近くに事務所があるらしくてな。なにやら水着で動画撮影させてほしいとかで」

「そそそ、それ、絶対ついていってっちゃだめなやつです！」

「うむ。もちろんついて行かなかったぞ。響鬼に、知らない人間について行ってはだめだと言われているからな！」

慌てて止める志遠に、耶麻子はえっへんと胸を張る。

響鬼が良い保護者でよかったと、志遠は心から思った。

「それよりも志遠。ここまで来て店に寄っていかぬとは、あまりに水くさいではないか。見れば司命の買い物を手伝ってくれたのだろう？　礼をさせよ。一杯くらい飲んでいけばいいジャン」

「せっかくのお誘いですけど、司命さんとは帰り道にたまたま出会って、ついでに買い物につきあっただけですから、お礼なんていらないです」

志遠は軽く会釈した。そして耶麻子に背を向ける。

「それでは失礼……うぎゃ!?」

「薄情者めが～！　わたくしの酒が飲めぬというのか～！」

肩にかけていた鞄が引っ張られる。志遠はよろけそうになりながら必死に踏ん張り、前に進もうとした。

「結構ですってば！　私はこれからスーパーに寄って、チキンと缶チューハイを買うんです～！」

「わたくしの店の料理は、出来合いの惣菜に劣るというのか～！」

「そんなことないですけど、昨日に続いて今日もお邪魔するなんて、そんな厚かましい真似はできません！」

「主人であるわたくしがいいと言っているのだから、よいではないか！」

「嫌です！　正直に言わせてもらうと、私は万年金欠なんです。店で酒と料理を楽しむ余裕なんてこれっぽっちもないんです。そして、毎回些細なことで礼を言われてご馳走されるのも嫌なんです！」

「志遠、おぬしはなんて強情なおなごなのだ！　わたくしが誘っているのだから、甘えればいいジャン！　なにが不満なのよ。ありえな〜い！」

「その、微妙にギャルっぽい口調を意識するの、似合わないからやめてください！」

「なんだと！　これはわたくしのアイデンティティ。耶麻子というキャラ作りに欠かせない要素なのだ！」

店の前で鞄を引っ張り合いながらわめくふたりに、司命が困った様子で頭を掻いた。

すると、『地獄の沙汰』の奥から、無表情の響鬼がやってくる。紺色のビジネススーツに、白い割烹着という出で立ちだ。そのふたつの組み合わせは、驚くほどアンバランスである。

「なにを騒いでいるのですか。近所迷惑になりますから、やめてください」

「そうは言うが響鬼。志遠が頑固なのよ。こやつは、わたくしの酒が飲めんというのだ」

「私は頑固じゃありません。ただ、蜘蛛を助けた、買い物につきあった、そんな些細なことでいちいちお酒や料理をいただくなんて、納得できないだけです」

「わたくしにとっては些細なことではないのだ〜！」

「私にとったら小さいことなんです〜！」

再び言い合いを始めたふたりに、響鬼は無表情のままため息をつく。

「わかりました。それでは、私からひとつ提案しましょう」

響鬼の言葉に、志遠と耶麻子はキョトンと目を合わせた。

野菜を刻む音を耳にしながら、志遠は黙々と食器や調理器具を洗う。

志遠の恰好は、さっきまでアンバランスだと思っていた響鬼のそれと、まったく同じだ。

「司録さん、洗ったボウルやまな板はどこに置いたらいいですか？」

狭い調理場で訊ねると、司録と呼ばれた男が狭そうに身をよじって振り向いた。

「ありがとう。そこの棚に積んでほしい」

彼の名は司録。司命と同じ閻魔の書記官だと自己紹介された。司命よりもなめらかに言葉を話すが、彼もまた、見た目は鬼のように厳つい相貌をしている。司命のようなツノはないし、身体はスマートだが、司命と双子なのではないかと思うほど、顔はそっくりだ。

司録は『地獄の沙汰』の料理担当で、基本的に厨房から出てくることはないらしい。接客はもっぱら顔のいい響鬼に任せているとのことだ。

厳つい顔をして、ごつごつした手で菜箸を持ち、料理を繊細に盛り付ける姿は似合っているのか似合っていないのか。

しかし、昨日いただいたおいしい料理は彼が作ったものなのだ。そう思うと、志遠が昔から持っていた鬼のイメージがみるみるうちに崩れていく。

司命が言っていたとおり、鬼とは怖いものではないのかもしれない。

「すまないな。客なのに厨房の手伝いをさせてしまって」

「それが交換条件ですから、全然問題ありませんよ」

鍋をフキンで拭いて片づけながら、志遠は司録に微笑みかけた。すると彼も、口から鋭い牙をちらつかせてニヤリと笑う。鬼は怖くないと知ったからこそなんとも思わないが、普通の人が司録の笑顔を見たら瞬時に逃げ出しそうである。人柄は良さそうなのに、悲しいほど人相が悪い。

「司命は不器用だし、主は率先して手伝おうとするがかえって厨房が荒れてしまう。響鬼はなんでもそつなくこなすが、彼が表に出てくれないと接客が成り立たない。だから、志遠に手伝ってもらえるのはとても助かる。ありがとう」

「そう言ってもらえてよかったです。私も、昨日は司録さんに素敵な料理を作ってもらいましたから。お礼を言うのはこちらもです。とてもおいしかったです」

志遠が言うと、司録はわかりやすく顔を赤らめた。そして、フイッとそっぽを向いて大根のかつらむきを始める。

「あ、あれくらいで、喜んでもらっても、困る。オレの料理は他にもいろいろあるのだから、他のも食べてほしい」

どうやら照れているようだ。耳まで赤くしている姿は、不思議と可愛い。

「志遠は、不思議な人間だな。オレや司命が外を歩くと、みんな遠巻きにする。鬼は怖いものだから仕方ないが、志遠は普通に話してくれる。どうしてだ？」

「それは司録さんや司命さんが怖くないと知ったからですよ。他の人だってそうです」

「そうだろうか。司命から聞いたが、志遠はあいつを助けてくれたんだろう。なかなかできることではないぞ」

司録のかつらむきは芸術品かと思うほど薄く、なめらかだ。ごつい手をして器用だなあと感心しながら、志遠は「うーん」と腕を組む。

「どうでしょう。助けたい、って思った人は他にもいたと思いますよ。たまたま、私が先に行動しただけで、助けられるのは時間の問題だったんじゃないですかね」

「ふむ。志遠は、自分が特別な人間ではない、と言いたいのだな」

「はい。人はみな、誰かに優しくしたいという考えは持っていると思いますよ」

耶麻子たちは、地獄に堕ちる悪人が増えたと嘆いているけれど、ほとんどの人は基本的に優しい気持ちを持っているはずだと志遠は信じている。

ただ、優しくすることが、怖くなる時があるのではないか。

人に優しくする、それだけを聞けば『正しい行い』に思えるけれど、優しさは時に人を傷つけたり、困らせたり、あるいは自分自身が損をしたりする。

言い換えれば、面倒なことになる時があるのだ。ゆえに人は誰かに優しくすることに足踏みをしてしまうのかもしれない。

志遠はその足踏みをしないだけ。優しくしたいとか、そういう思考もないまま身体が勝手に動いてしまう。昔からそういう行いをし続けて、志遠は今の状況に追い込まれた。

恋人に同情して、彼を助けようとした結果、借金の質に取られて四ッ谷にこき使われている。

優しくした者が損をする。優しくない者が得をする。この世とは、そういうことが当たり前に起こる世界だ。

「人を助けて後悔したことは数え切れないくらいあります。優しくしなきゃよかったって思うことも。それでも私は、困っている人を見ると無視できないんです。……きっと、馬鹿だからですね」

志遠は自嘲するように笑った。四ッ谷が言ったことを思い出す。志遠は馬鹿正直で、お人好しで、いつも貧乏くじを引いて損をしている。わかっているのにやってしまう。

それを愚かと言わずしてなんだと言うのだろう。自分も四ッ谷の言葉は真実だと思っている。だからこそ、はっきり言われて傷ついたわけだが。

その時、ポンと後頭部に手が置かれた。見上げると、そこには怖い顔をしているが穏やかな目をした司録がいて、志遠の頭を撫でていた。

「人は、そういう人間を愚かだと言うのだな。しかし、我らにとって志遠の思考は大変心地がよいものだ。……志遠のような人間が増えたらいいなと、心から思う」

「増えるというより、私みたいなタイプは元々たくさんいますよ」

「志遠がそう言うのなら、そうなのだろうな。我らのやるべきことは、志遠のような思考を潜在的に持つ人間たちに、善行のきっかけを与えることなのだろう」

包丁で野菜を刻み、陶器の皿に美しく盛りつける。

「志遠。今日はありがとう。おかげで助かった。ここはもういいから、表でオレの料理を楽しむといい。この料理だけ、響鬼に渡してほしい」

料理を載せた盆を渡される。志遠は「はい」と頷いて、受け取った。

「基本的にオレは裏方だが、時々、こうして話してくれると嬉しい。料理の感想も聞かせてほしい」

司録が顔を赤くしてポソポソ言うので、思わずくすりと笑ってしまった。

「もちろんですよ」

志遠は大きく頷き、盆を持ってバーカウンターに向かった。

「響鬼さん。司録さんからお料理です。それから、お手伝いはもういいそうです」

「ありがとうございます。志遠もお疲れ様でしたね。どうか今からは客として、私たちのもてなしを受けてください」

「わかりました。それでは、お言葉に甘えます」

響鬼が盆を受け取り、志遠は割烹着を脱いだ。そしてカウンターの内側から外側に回り、椅子に座る。

「ううむ。わたくしが礼として馳走したいと言えば志遠は嫌がり、ならばと響鬼が出した、店での奉仕活動の報酬として馳走するという提案は受け入れられた。やっぱり腑に落ちなーい……」

志遠の隣で、耶麻子がブツブツ呟く。本人としては、単に礼がしたかったのに、労働の対価にしてしまったのが納得できないのだろう。

「私としても、こんな程度のお手伝いでご馳走されるのはとても心苦しいです。けれど、なにもしないよりはましだから、響鬼さんの話を受けたんですよ」

耶麻子はムスッと唇を尖らせて不満顔をする。見た目は六歳の少女だから、どんな表情をしても可愛い。

「まあよい。こうして席に着いてくれたからには、わたくしが全力でもてなそうジャン。さあ響鬼、馳走をジャンジャン用意するジャン！」

「なんでもジャンをつけたら今風になると思ったら大間違いですよ。こちらはつきだしの牛すじの味噌煮込みになります」

響鬼はグサッと耶麻子に釘を刺しつつ、志遠の目の前に黒い小鉢を置く。

耶麻子がグヌゥと苦々しい顔をして、響鬼を睨んだ。

「わあ、とてもおいしそうですね」

「お酒は本日のおすすめ。『松の翠《まつのみどり》』をご用意しました。冷やでどうぞ」

艶やかな漆塗りの片口には透明な酒がたっぷり入っている。耶麻子がそれを受け取り、ガラスの杯に注いだ。

「あ、すみません。ありがとうございます」

「いいのよ。わたくしは料理ができないし、酒の味もわからん。だが、響鬼がすすめるものはだいたい間違いはない。司録は器用ゆえ、料理もうまいしな」

「はい。昨日のお料理もお酒もとてもおいしかったですよ」

「そうであろ～。司録の料理はまことうまい。こんにゃく料理のレパートリーが増えたら、なおのことよい！」

「……耶麻子ちゃん、もしかしてこんにゃくが好きなんですか？」

そう言えば、昨日もこんにゃく料理を絶賛していた。志遠が訊ねると、響鬼から小鉢をもらいつつ、耶麻子が「うむ」と頷く。

「こんにゃくは大好物だ。あのぷにぷにした食感がたまらない。この牛すじの味噌煮込みも、こんにゃくをふんだんに使っているのだぞっ」

小鉢を見ると、たしかにこんにゃくが多い。牛すじとこんにゃく、四対六ぐらいの割合だ。

「なんでもかんでも司録に頼んでこんにゃくを入れさせようとするのが困りものです。司録は従順な鬼ですので、こんにゃくを入れても違和感ない料理を常に探しているんですよ」

響鬼が淡々と言う。

「こんにゃくに勝る食材など、この世にあるわけないジャン」

「主はこのとおりこんにゃく至上主義なので志遠はお気になさらず。他にも料理を用意いたしますので、是非いろいろ味わってください」

「あ、ありがとうございます」

志遠はぺこりと頭を下げた。

「じゃあ、まずはお酒からいただきますね」

両手でガラスの杯を持ち、ゆっくりと口に運んだ。

喉を過ぎていく味わいは、きりりと淡麗だ。控えめながら上品な米の香りに、志遠はうっとりと目を細める。

「おいしい。これは、辛口……ですか？」

酒はなんでもおいしく飲めるタイプであるが、味に詳しいわけではない。志遠がおずおず訊ねると、響鬼は大きく頷いた。

「はい。こちらは京都の地酒です。京都の酒は甘めでふくよかな香りが特徴のものが多いですが、こちらは辛口ですね。爽やかな飲み心地ではありませんか？」

「そうですね。するっと飲みやすいですが、日本酒の主張がはっきりしている感じです」

「こちらのお酒は、焼き物や味の濃い料理に合うんですよ」

「あ……もしかして、だからこその味噌煮込み、ですか？」

志遠は箸を持って牛すじの煮込みを口に入れる。ぷるんと歯ごたえのあるこんにゃくと、柔らかく煮た牛すじ。牛すじはしっかり味が染み込んでいて、噛むごとに牛肉のコクが味噌と溶け合い、極上の味わいとなる。

そして口の中が甘辛くなったところで、『松の翠』をひと口飲んでみた。

「ああ、これは、とても合いますね。淡麗な酒で、さらっと口の中を洗い流すような感じがたまらないです」

「そうでしょう。志遠は素直に味わって下さいますので、私ももてなしのしがいがありますね。ふふ……」

初めて、志遠の目の前で響鬼が微笑んだ。

志遠は目を見開く。そしてズサッと椅子ごと身体を引いてしまった。

「どうかしましたか？　やけに顔が引きつっていますが」

「い、いいえ。その、お気になさらず」

ハハ、と軽く笑って、志遠は椅子を戻した。

(言えない。響鬼さんの笑顔がめちゃくちゃ怖かったなんて……！)

志遠は背中に冷や汗をかきながら、牛すじの煮込みを食べた。

響鬼の笑顔はなんというか形容し難い恐ろしさを孕《はら》んでいた。快楽殺人鬼がいるとするなら、あんな笑みを浮かべているのではないかと思うほどだ。司録や司命も顔は怖いが、笑顔は屈託なくて優しい。響鬼の笑顔は種類が違う。それくらい、凶悪だった。

「怖かったでしょ。わたくしも、ヤツとは百五十年のつきあいになるが、いまだにあの笑顔に慣れないのよ」

コソコソと耶麻子が囁く。志遠は何度も頷いた。

「たしかに、びっくりするほど笑顔が似合いませんでした」

「響鬼の笑顔は稀なのだ。五十年に一度というくらいの周期だから、滅多に見られるものではない。そこだけは安心せよ」

「なにをふたりで話しているんですか？」

厨房から料理を運んできた響鬼が訊ねる。その顔は元どおり、無表情だ。志遠は心なしかホッとして「なんでもありません」と笑ってごまかす。

稀に見る笑顔だからラッキーなんて思わない。二度と見たくないほど怖かった。

自分の笑顔の破壊力に気づいていない響鬼は不思議そうに首を傾げて、志遠の目の前に料理を置いた。

ごつごつした黒い陶器の皿に、焼きたての焼き鳥が五本、ほこほこと湯気を立てている。その香ばしい匂いに、思わず志遠は生唾を飲み込んだ。

「酒には相性があります。『松の翠』は焼き鳥がとても合うんですよ。お好みで七味をかけてくださいね。こちらの七味は京都伏見のものです。とても香り豊かですよ」

「わあ、食べるのが楽しみです。じゃあ、早速いただきますね」

志遠は小さなひょうたん形の七味入れを取って、ぱらぱらと振りかける。複雑に絡み合う薬味の香りがあたりに広がり、さらに食欲がそそられる。

串を一本手に取ってかぶりつき、するんと肉を串から抜く。

丁寧に焼かれた鶏もも肉は外側が香ばしくて、肉汁がじゅわっと口の中に溢れる。歯ごたえは軟らかく、ほんのり炭の香りがした。

「この焼き鳥、すごくおいしいです！」

「それはよかった。お酒もどうぞ召し上がってください」

「はいっ」

串を竹筒に入れて、響鬼に勧められるまま、冷酒をこくりと飲む。

「ああっ、すごい。焼き鳥を食べてから『松の翠』を飲むと、さっきとは違った甘さを感じます」

「ほどよい塩味、そして鶏肉の脂が、日本酒の甘さを引き立たせるからでしょうね。お好みに合ったようでよかったです」

響鬼の表情から、心なしか満足げな雰囲気が伝わってくる。

「もてなしがいがあると響鬼が言っておったが、まことそのとおりだね。わたくしも、志遠の杯に酒を注ぐのが楽しいよ」

耶麻子がニコニコしながら、酒を注いでくれる。

こんなにもてなされて、悪いなと思ってしまうくらいだ。なんだか二日連続でご馳走されてしまったが、次にこの店へ来る時は、ちゃんとお金を払わなければと志遠は思う。

それくらいの贅沢は、許されるはずだ。財布のひもを締めるのは別のことにして、おいしい料理や酒を楽しむことに関しては、あまり切り詰めたくない。

「志遠のおかげでわたくしも無事に小学校入学の手続きができた。名前を貸してくれたこと、感謝するからね」

「あれくらいどうってことないですよ。ランドセルとか、いろいろ必要だと思いますけど、そういうものは用意したんですか？」

「うむ。響鬼が購入したようだ。ランドセルはすごいな。頑丈そうな見た目に対して羽の如く軽いのだ。しかし、教科書やノートを入れると、破壊的に重くなる。さらに給食袋に体操服、鍵盤ハーモニカ、コップにハブラシ……。持って行くものが多すぎて、毎日の登校が疲れるのが難点だな」

しょんぼりと耶麻子が俯く。

「それは大変ですね……。でも、その制服とても似合いますよ。可愛いです」

「そうであろ〜！」

耶麻子は顔を上げてぱあっと笑顔になった。屈託のないその表情は、志遠の心をほっこりさせる。

「閻魔としてのお仕事も大変そうですけど、学業も頑張ってくださいね」

「うむ。わたくしはできる閻魔よ。学業と仕事の両立はお茶の子さいさいだわ」

ふふーんと耶麻子が胸を張る。すると、響鬼がじろりと彼女を睨んだ。

「ちゃんとハンカチとティッシュを忘れず持って行ってください。学校からのプリントはなくさず持って帰ってくるのですよ。置き傘に名前を書いておきましたから、他の児童の傘と間違えてはいけませんからね」

「響鬼はわたくしを何歳だと思っているのだ！」

「実質六歳でしょう」

「実年齢は百五十歳だもん！」

「やーいお子様閻魔ー。お道具箱のクーピー一本一本に名前シールを貼る私の苦労をわかってくれない、なんでも人任せなお子様閻魔ー」

「ぐっ……！　無表情でやーいとか言うな！　クレヨンは手伝ったではないかっ」

響鬼に出してもらったこんにゃくの酢味噌和えを食べながら、耶麻子がわめく。

やっぱりこのふたりは仲が良いのだろう。だてに百五十年つきあっていないのだ。耶麻子や響鬼にとっての百五十年は短くても、志遠にとっては気が遠くなるほど長い。

その時、からからと店の引き戸が開いた。

志遠が振り返ると、店の前には中年の男性と、若い女性が立っていた。

「おお、『地獄の沙汰』に客が来たぞ。いらっしゃ〜い！」

響鬼を睨んでいた耶麻子が一変して笑顔になり、人なつっこくぶんぶんと手を振る。男性と女性は互いに戸惑った様子で目を合わせて、店内を物珍しそうに眺めた。

「どうぞ、お好きな席へ。ここは酒処『地獄の沙汰』。精一杯おもてなしさせていただきます」

響鬼も無表情で両手を広げて歓迎のポーズを取った。すると中年の男性がおずおずと訊ねる。

「あ、あの。この飲み屋通りに、こんな赤提灯の店、前からあったかな」

「私も見るのは初めてな気がするわ。このあたりはよく仕事で通るけれど、スナックやバーしかなかったような……」

男性に続いて、女性も不思議そうな顔をする。だが、響鬼は「そうですか？」と軽い調子で言った。

「たまたま見過ごしていたのでしょう」

「そっか……」

「じっくりお店を見ていたわけじゃないから、そういうこともあるのかしら」

ふたりとも、どこか腑に落ちない様子だが、吸い寄せられるように店の中へ入り、それぞれ椅子に座る。そこに、響鬼が温かいおしぼりを手渡した。

「この店はね、地獄に堕ちる人間のみが認識できるよう、まじないがかけてあるのよ。善人はこの店に気づかず、素通りしてしまうの」

耶麻子が小声で志遠に教えてくれる。

なるほど。耶麻子たちの目的は、ただ単に酒処を経営することではない。地獄に堕ちそうな人間を見つけ出し、善行の道を教えることなのだ。

耶麻子自身が街を歩いて見つけ出すこともあれば、こうして客として来てもらうこともある。そうやって、あの手この手で『悪人』を探している。

（でも、このふたり……どう見ても地獄に堕ちそうに見えないんだけどな）

中年の男は気が弱そうだし、若い女性は人のよさそうな大人しい相貌をしている。どちらも、悪人に騙されることはあっても、決して悪さをするような人物には見えない。

響鬼は、志遠の時と同じようにつきだしの牛すじの煮込みを客の前に出した。そして、酒瓶を取り出し、漆塗りの片口に注ぐ。

「いささかお疲れの様子。まずは一杯、わたくしが馳走して差し上げよう」

片口を響鬼から受け取った耶麻子が、笑顔で中年男性の杯に酒を注いだ。

「あ、耶麻子さん。私も手伝いますよ」

志遠はそう言って、片口を受け取り、隣に座った女性客の杯に酒を注ぐ。

ふたりの客はどこか虚ろな目をして、酒の入った杯を手に取った。同時にこくこくと飲み、ため息をつく。

「ああ、うまいな。こんなにも酒がうまいと思ったのは、初めてだ」

「本当に。私……お酒の味なんて、全然興味がなかったのに」

しみじみと酒を味わうふたりの客。しかしその表情は暗い。まるで人生に絶望しているような、よどんだ目をしている。

（とてもじゃないけど悪人とは思えない。でも、この店に入ってきた以上、耶麻子ちゃんが言うとおり、ふたりは地獄に堕ちそうなんだわ）

どれほどの悪行に手を染めたのか、志遠には想像がつかない。だが、逆に言うと、この店に入ったということは、改善の余地がある、ということなのだろう。

志遠は焼き鳥を食べて、静かに酒を飲む。そして、勇気を振り絞って言った。

「あの」

隣の女性客に声をかける。耶麻子と響鬼が、同時に志遠を見た。

「もしかして、あなたは今、生きているのが辛い……ですか？」

普通の居酒屋なら、こんな風に話しかけたら何事かと思われるだろう。気味悪く思うかもしれない。だが、この酒処は店自体が普通ではない。

だからきっと、志遠の言葉は届く。そう信じて、話しかけてみた。

女性はしばらく黙っていた。コトリ。響鬼が温かい椀ものを目の前に置く。

ほかほかと湯気が立ちのぼる椀には出汁がはられ、中に柔らかそうな海老のすり身が入っていた。

優しい昆布出汁の香り。

女性の目に、じわりと涙が滲む。

「後悔しないって、思ってた」

ぎゅ、と拳を握って、酒のたゆたう切子硝子を見つめる。

「それなのに、あの人がいなくなって、やっと気づいた。私はなんてことをしてしまったんだろうって……」

なんだろう。なにかを悔やんでいる様子はわかるが、具体的にどんな悪行を為したかはわからない。志遠は内心困ったが、ふと、思った。

(違う。私は別に、この人の人生相談に乗りたいわけじゃない)

この酒処『地獄の沙汰』は、すでにやってしまった悪行に対し、なんらかの対策を練るところではない。罪を悔いている人間に、次に目指すべきことを教えるところだ。

志遠は少し考えて、再び女性に話しかけた。

「私も後悔しないって思ったあとに、結局悔やんだことは多いですけど……。でも、まったく後悔しないよりはましだと、今は思いますよ」

後悔するくらいなら最初からするな、という言葉を聞いたことがある。

悪いことだとわかっているなら、やらなければいい。

けれどもその時は、それが悪いことだと気づかなかったことだってあるはずだ。

生まれた時から今まで、一度として間違ったことをしていない人間なんて皆無なはず。

ただ、間違いには度合いがある。小さなもの、大きなものといった違いがある。時に取り返しのつかないことをしてしまって、社会的に裁かれることもある。

けれども、悪いことをして開き直る人よりも、悪行を認めて後悔する人のほうが、幾分かましだと志遠は思うのだ。

それは、正義感を振りかざす人にとっては些細なことかもしれない。後悔してもしなくてもやったことに変わりはないと糾弾する人はたくさんいる。

でも、それでも――。

「それが悪いことだと気づくのは、大切なことだと思うんです。後悔ができたら、次の一歩が踏み出せると思うから」

志遠が語りかけるように言うと、女性は唇を噛んで押し黙った。

（やっぱり、余計なことを言ってしまったかな……）

早くも後悔する。本当に、志遠の人生は呆れるほど悔やんでばかりだ。

しかしその時、耶麻子が「おお」と感嘆の声を上げた。

「志遠。そなた、やるジャン」

「え？」

見れば、耶麻子が驚いたように目を丸くしている。

「志遠の言葉で、お客様の心が開きましたね」

響鬼は淡々と言う。だが、その声色には感心したような様子があった。

「心が、開いている？」

志遠は慌ててふたりの客を交互に見た。ふたりとも、ぼんやりして前を見つめている。

その様子は前にも見たことがある。

「あ、昨日のお客さん……」

志遠が初めて『地獄の沙汰』に足を踏み入れた時、ひとりだけいた先客。たしか元詐欺師だという話だったが、耶麻子が『更生させているところ』と言っていた。

昨日見た客と、今の客。様子がまったく同じだ。

「我々はこの店でもてなしはしますが、善行をするようにと直接言葉で説得するわけではありません。してもいいですけど、言葉のやりとりは時間がかかりますからね」

「うむ、酒や料理で気持ちを解してだな。心が開いた瞬間を狙って、無理矢理更生させているのよ。言葉で理解させるのではなく、魂に直接言い聞かせるという感じだな。えいっ」

言うや否や。耶麻子が懐から手鏡を取り出し、宙に振った。

客たちは黙ったまま虚空を見つめている。その様はまるで――。

「洗脳してるみたいですね……」

「人聞きの悪いことを言うな！　更生だ、更生！」

耶麻子がむきになった様子で言うが、志遠が想像する更生よりもずっとやり方が乱暴というか問答無用だ。

「まあ、やり方の是非については、こちらにも事情があるんですよ。緊急時でなければゆっくり言葉を交わしてもよいのですけどね。今は時間がありません」

「すでに地獄は満杯なのだ。こやつらは己の悪行を後悔しても、償いたいと思ったり、善行を積もうと考えたりすることができない。ゆえに罪を重ね、悪行を繰り返す。多少強引なのは認めるが、魂に直接語りかけるしかないのよ」

耶麻子が古い鏡をヒラヒラ振りながら、困り顔でぼやいた。

「後悔しても償いの気持ちに至れない、か。それは、ちょっとだけわかる気がしますね」

志遠は静かに、ふたりの客を見つめた。

まるで操り人形のように、同時に酒を飲み、司録の料理を口にしている。

おいしい料理と、気持ちの落ち着く酒。もてなしを受けて心を解きほぐし、開いた心に――魂に、善行を促す気持ちを刻み込む。

そのやり方が正しいかどうか、志遠には判断がつかない。けれども、なかなか更生できない彼らの気持ちはほんの少し、理解できた気がした。

「悪いことをした人は、それを後悔しても、今さら後戻りできないと思ったりするのかもしれないですね。耶麻子ちゃんたちは、その気持ちを変えようとしているんですか？」

「そうだ。しかし、この方法は完璧ではない」

耶麻子は手鏡をポケットに戻し、カウンターに肘をついた。

「先ほど志遠は洗脳と言ったな。しかしわたくしは思考改造の技は持っておらぬ。わたくしが彼らに与えているのは単なるきっかけに過ぎないのだ」

「凝り固まっていた思考を、新たな可能性のある道に導く。それが我々の力の限界なんですよ」

響鬼が耶麻子の言葉に続き、ふたりの客の前に温かい茶の入った湯呑みを置く。

「この人間たちは、基本的にはなにも変わっていません。ただ、もう少し視野を広げてみてはどうかと、その魂に提案しているんです」

明日、誰かに優しくしてみよう。悪いことをしたなら、謝ってみよう。

視野を広げるとは、そういうことなのだろう。気持ちのきっかけ。後悔のもう一歩先。

それは自分の足でよい方向に向かって動くことだ。

「だが、提案したところで嫌なものは嫌だと拒否されたらそれまでだ。開き直って悪の道に突き進めば、いつかは必ず地獄に堕ちるのは避けられぬこと」

「それこそ神であれば、思考改造なんてお手のものなんでしょうけどね。我々地獄の者は、地道な活動を続けるしか手立てがないのですよ。神は基本的に出不精です。万能なくせに人を見守るのが役割ですからね」

「うむ。神が自ら動くとするなら、それこそ人類すべてが悪に堕ちた時くらいだろうな」

はっはっは、と耶麻子が明るく笑う。響鬼は無表情のままで、軽く肩をすくめた。

志遠は困惑しつつ、耶麻子に付き合うように軽く笑う。今のは冗談のつもりだったのだろうか。閻魔や鬼の存在もなんとかギリギリ信じてもいいかなと思い始めたのに、神まで引っ張り出されては、どんな反応をすればいいかわからない。神様なんて、正直志遠にとっては、いるのかいないのかよくわからない存在だ。

志遠は気を取り直してふたりの客を眺める。

「間違えた道から、元に戻れるように。この店がいいきっかけになるといいですね」

「そうなってくれないと地獄がいよいよヤバイのだが。そのための『地獄の沙汰』なのだぞ」

耶麻子が不満げに唇を尖らせる。

本当に。閻魔自ら現世に来なければならないほど、今の地獄はのっぴきならない状況なのだと、彼女の表情を見ればすぐにわかった。

「その女性はな『妻を持つ男を渇望し、酒の力を利用して奪い取った』という悪行を繰り返していた。男のほうは、どうやら勤め先の金をちょろまかしていたようだな」

「えっ……、つまり、不倫と横領ってことですか？　そんなこと、どうやって……」

「閻魔は人の行いをすべて見通すことができるのだぞ。そうでなければ、人を裁くことなどできないジャン？」

当然のように言われて、それもそうかと志遠は思った。

不倫に横領。この社会において、少なくとも不倫は犯罪ではない。だが、彼女が酒で男を酔わせて奪い取ったのだとしたら、奪われた男の妻は悲しむし、憤るだろう。

そして横領は間違いなく犯罪だ。己の罪を素直に認め、しかるべき場所で裁きを受けなければならない。

「ああ、そのための……きっかけ。善行の提案なんですね」

志遠はようやく納得したように頷く。

「そうだ。そもそもだな、性根まで腐り果てた人間などほんのひと握りなのだぞ。わたくしの本来の役割は、真に地獄に堕ちるべき人間を裁定し、地獄で罪を償わせることだった。けれども、今はそこまで極悪ではないのに堕ちる者が多すぎるのよ」

閻魔が串焼きこんにゃくを頬張って、寂しそうに言う。

「生きているうちに、自主的に悪行を後悔しなければ、今のわたくしには為す術がない。後悔しない人間は、地獄に堕ちるだけなの。最近は、そういう人間が増えているのだけど」

嘆かわしい～と閻魔がカウンターに額を載せる。

「まあ、その対処法も一応考えてあるのですがね。それとは別に、地獄の沙汰では『悪行を後悔している人間』を引き寄せて、こんな風に細々と更生を図っているわけです」

今の時代の人たちは、なかなか他人に優しくなれない。志遠も同じだ。この国は平和だけれど。戦争からはほど遠い世界だけれど。悲しいかな、どこか殺伐としている。地獄が満員になっているという現状が、それを物語っている。

「ホントまじヤバってワケ。わたくしたち、ちょ～ピンチってワケ～」

「主、ギャル口調を思い出したように使うのやめてください」

「やかましいわ。いっとくけど、ギャル風ってちょー難しいのよ。見た目的に可愛かったから目指しているものの、ギャルって凄いわ。わたくし感銘を受けちゃうわ」

耶麻子と響鬼がいつもどおりのやりとりを始める。その様子を見て志遠は笑いつつ、ふと四ッ谷のことを頭に思い浮かべる。

彼は粗暴だし口も悪いし、悪いことをしたとしても髪の毛ひと筋ほども反省しなささそうだ。

四ッ谷は間違いなく悪人寄りの人間だろう。だが、響鬼が言うには『真の悪人』ではないらしい。

彼は、取り返しのつく悪人なのだろうか。

『地獄の沙汰』で、耶麻子たちの力を借りれば少しは変わってくれるのだろうか。

志遠にはどうしても、そうは思えなかった。

とろっと蕩ける牛すじを キリッと引き締める日本酒

松の翠《みどり》 蔵元 ── 株式会社山本本家

京都の酒といえば、伏見の名水。
歴史ある伝統の味を現在に引き継ぐ、ふくよかな香りと
キリリと引き締まった味わいの日本酒は、
一度呑んだら忘れられません。

オススメこんにゃくツマミ 牛すじの味噌煮込み

- 板こんにゃくをひと口大にちぎる。または、スプーンでえぐり取る。
- こんにゃくは塩で揉んだあと、軽く湯がいておく。
- 圧力鍋に、牛すじ、長ネギの緑色のところ、
スライスしたショウガを入れて、300ccの水を入れて、火にかける。
沸騰したら弱火にして、15分圧力を入れる。
- 圧力鍋のピンが下がったら、ザルに上げる。
- 包丁やキッチンばさみで食べやすい大きさに
カットした牛すじ、コンニャクを圧力鍋に入れる。
- 赤味噌大さじ3、みりん大さじ2、砂糖大さじ3、酒大さじ2、
水200ccを圧力鍋に入れて、火にかける。
沸騰したら弱火にして、20分圧力を入れて、できあがり。
※圧力を入れる時間は、牛すじの硬さによって多少変わります。

comment
日本酒と赤味噌の相性は抜群です。
モツ煮込みも合いますね★

身体の芯まで冷えそうなほど、寒い。

『地獄の沙汰』で過ごした夜から一週間経ったその日、興信所のある繁華街では雪が降っていた。

雪は嫌いではない。空を舞う雪は風情があるし、白く彩られた雪道を踏みしめると、ぎゅっぎゅっと立つ音は心地いい。まっしろな新雪に、自分の足跡がつくのも楽しいものだ。

けれども、そんな風に志遠が思えたのは二年ぶりになる。去年のクリスマスは、興信所の激務のあまり目が死んでいたし、周りに気を配る心の余裕などなかった。

今も仕事の忙しさは変わらないけれど、ずいぶんと気持ちは変わったなと思う。間違いなく『地獄の沙汰』で過ごした時間が影響を及ぼしているのだろう。

仕事の用事を済ませた志遠は、興信所の前で傘を軽く払う。ぱさぱさと粉雪が落ちて、コンクリートの犬走りに染みを作った。

傘を畳み、古い階段を上って事務所に入る。すると朝、事務所を出る時にはいなかった四ッ谷がソファに座っていた。

「……おかえり」

「あ、ただいまです。暖房入れてくれたんですか？」

事務所の中はほどよい温もりに包まれていた。光熱費をけちって四ッ谷はなかなかエアコンを入れないのに珍しいものだ。

「さすがに今日は寒いだろ」

「ええ、今日は一日雪みたいですよ。明日は積もるかもしれませんね」

「ダルイな。まだ仕事が残ってるってのに」

ソファの前にあるローテーブルに足を載せた四ッ谷が、スマートフォンを操作しながらため息をつく。

「とりあえずコーヒーくれ」

「コーヒーくらい自分で淹れてくださいよ」

壁かけハンガーにコートとマフラーをかけながら、志遠はげんなりとして言う。

「お前だってコーヒー飲むんだからついでだろ」

「それはそうですけど、ボタン押すだけじゃないですか」

この興信所にドリップ式のコーヒーメーカーなんて洒落たものは存在しない。あるのはインスタントコーヒーの粉がつまったコーヒーマシンだけだ。ボタンを押せば、温かいインスタントコーヒーができるというしくみで、時々、マシンが動いてる最中に水がなくなって、妙に濃いコーヒーを飲むはめになったりする。

志遠はふたり分のコーヒーを淹れて、マグカップのひとつを四ッ谷に渡した。

「その、ローテーブルに足を載せる癖、やめたほうがいいですよ。お行儀悪いですから」

「お前は本当にそういうところずけずけ言うよな。ほっとけよ」

コーヒーを受け取って、四ッ谷が苦々しい顔をする。ちなみにコーヒーを淹れて礼を言われたことなど一度もない。

四ッ谷が煙草を吸い始めた。志遠は無言で窓を開ける。

「おい、エアコン効いてるのに窓開けるなよ」

「四ッ谷さんが煙草を吸う間だけは開けさせてください。私、煙草の臭いが好きじゃないんですよ」

志遠のデスクは窓のすぐ傍だ。背中に冷たい風が当たって寒いけれど、煙いよりマシである。本音を言えば、煙草を吸うのなら外に出て吸ってほしいところだが、言ったところで無駄なのはわかっている。

(煙草なんてどこがいいのか、さっぱりわからないわ)

志遠はまったく吸いたいと思わない。煙草は値段が高いし、身体にも悪いし、副流煙は他人の健康も脅かすし、百害あって一利なしとはまさにこのことだ。

でも、そんな正論が通じないのも理解している。だから志遠は端《はな》から四ッ谷を説得しようとは思わない。

(結婚して子供を作るとなったら、さすがにやめてほしいところだけど。それにしても、四ッ谷さんが結婚って想像つかないなあ)

少なくとも志遠は、こんな男とは死んでもごめんだ。

寒風を感じながら黙々と事務仕事をしていると、風に乗ってクリスマスソングが聞こえてくる。

「もうすぐクリスマスか」

スマートフォンを弄りながら、四ッ谷が呟く。

「あと一週間くらいですね」

「それが終われば、今年も終わり、か。なんともパッとしねえ一年だったなあ」

ぼやきながら、灰皿に吸い殻を押しつける。

「おい、煙草吸い終わったぞ」

「はいはい」

志遠は投げやり気味に返事をして立ち上がり、窓を閉めた。

今年もあと数週間で終わり、じきに新しい年を迎える。

(来年は、もう少しマシな一年になってるといいなあ)

二階堂がさっさと借金を返して、ここを辞めることができたら、万々歳なわけだが。あまり期待はできない。いったいいつまでこの興信所で働かなくてはならないのか。

志遠がため息をついた時、キイッと扉が開いた。

「あ、いらっしゃいませ――」

今日は電話やメールでの事前アポはなかったはずだ。ということは、飛び込みの依頼人だろうか。そう思った志遠の前に現れたのは、なんと篁響鬼だった。

「こんにちは。突然ですが志遠さん、どうか助力していただきたく、参りました」

「て、てめえは！」

四ッ谷が慌ててソファから立ち上がる。

「おや、あなたも一緒でしたか。ええと、すみません。名前が思い出せなくて。私に問答無用で殴りかかった短絡的かつ粗暴な人間だったと記憶しているのですけれど」

「唐突に現れやがったあげく、いきなり嫌みか。喧嘩売ってるのか？　買うぞ」

あくまで無表情な響鬼と、敵意を剝き出しにした四ッ谷。志遠は慌てて椅子から立ち上がり、ふたりの間に立った。

「待って、待って下さい。もう四ッ谷さん、ダメですよ。前にも言ったじゃないですか」

「こいつが俺の神経逆撫でするのが悪いんだろ」

「それでも、先に手を出したらダメなんですよ」

「そうですよ四ッ谷。飢えた獣でもあるまいし、人間らしい理知的な態度を心がけてください」

「なんだとコラ、てめえマジで喧嘩売ってやがるな⁉」

「だからダメですってば！　響鬼さんもいきなり四ッ谷さんを挑発するのやめてくださ い！」

志遠は必死に言いつのる。響鬼と四ッ谷。どうやらふたりの相性は最悪らしい。犬猿の仲。水が合わないとはまさにこのことだ。

「響鬼さん、私に用事があったんでしょう？　助力がどうとか言ってましたけど」

「ああそうです。四ッ谷がいたからすっかり忘れていました」

「俺のせいかよ！」

「ああもう、口喧嘩もダメですっ！　話が進みませんから！」

普段から怒りっぽい四ッ谷だが、響鬼が相手だと余計に短気になるようだ。響鬼もやたらと四ッ谷に突っかかる。

「実は、来週の休日に小学校で児童たちによる楽器の演奏会が行われるのですが、担任教師に『是非家族で参加してほしい』と言われてしまったのです」

「はあ」

「なんでもクラスごとに保護者のコーラスが入るようでして、主は是非、志遠にも来てほしいと望んでいます。どうか来ていただけませんか」

「は、はあ……なるほど」

どうやらお願いごととは、耶麻子の通う小学校絡みのことらしい。

すると、四ッ谷が不快そうに片眉を上げた。

「月海。お前いつの間にこいつとガキなんか作ってたんだよ。しかも、もう小学生なのか？」

「ち、違いますー！」

四ッ谷がとんでもない誤解をしていそうだったので、志遠は速攻で否定する。だが、響鬼は淡々とした口調で切り出した。

「ええ、志遠と子供に血の繋がりはありません。しかしながら、志遠は快く母親役を引き受けてくださって、公的な書類にも判をついてくれました」

「ほう。つまりてめえのガキに母親を作るため、月海と再婚したってことか？」

「響鬼さん！　誤解のある言い方をしないでください！　それに四ッ谷さん、再婚でもありません。これには事情があるんです」

志遠はかいつまんで要点だけを説明した。閻魔大王が小学生の姿をしているから、小学校に通わなくてはいけないこと。転入手続きをするのに母親の名が必要であること。そして、母親役として志遠の名を貸していること。

ひととおりの説明を聞いて、四ッ谷は顰め面で顎を撫でる。

「はん。前にも地獄だ鬼だのと胡散臭いことを抜かしてやがったが、この上さらに閻魔だと？　ふざけた話だ」

「別に信じなくてもかまいませんよ。これは私と志遠の話です。四ッ谷には関係ないことですから」

「ああ？　人の部下を妙なことに巻き込むなって言ってんだよ。てめえの事情なんかどうでもいいが、とにかく月海には手を出すな」

「それこそ余計なお世話というものです。あなたは志遠の上司に過ぎない。志遠のプライベードは関係ないのでは？」

「志遠、志遠と、他人が気安く、月海の名を呼ぶんじゃねえよ」

ジリジリ、ビリビリ。

火花でも飛びそうなほど、四ッ谷と響鬼は睨み合っている。ふたりはまだ出会って二回目なのに、どうしてこんなに相性が悪いのだろう。

「ちょっ、ちょっと、ふたりとも言い争いはやめてください。響鬼さん、事情はわかりました。耶麻子ちゃんの演奏会、私も参加しますから」

「はあ～？　そんな暇、俺が与えると思ってるのか」

四ッ谷が志遠を睨みつける。しかし志遠も負けじと四ッ谷を睨み返した。

「ちょっと参加するくらい、いいじゃないですか。耶麻子ちゃんも私に参加してほしいみたいだし、演奏会を楽しみにしている子供相手に意地悪しないでください」

「い、意地悪って、お前」

たじろぐ四ッ谷を志遠が睨み続けていると、彼は疲れたように「はあっ」とため息をつく。

「お前、最近なんか日に日に生意気になってきてないか」

「小さい子どもの演奏会に参加したいと望むことの、なにが生意気なんですか」

「そういうところだよ。まったく。うちに来た頃は、この世の終わりみたいなツラしてたってのに。妙に生き生きしやがって」

四ッ谷はガシガシと頭を掻いて、ポケットからシガレットケースを取り出し、煙草を口に咥える。

「いや……。今のお前が、本来の月海なのかもしれねえけど」

「どういう意味ですか？」

「なんでもない。演奏会の参加は百歩譲って許してやるけど、終わったら即刻事務所に戻れよ。そのままサボッたら承知しねえからな」

ジロリと睨まれた。しかし志遠はニコッと笑う。

「良かった。ありがとうございます、四ッ谷さん」

「そこで礼を言うとか……ハァ」

四ッ谷は疲れた様子でソファに座った。そっぽを向いて煙草を吸い始める。

「響鬼さん、耶麻子ちゃんに『演奏会楽しみにしてます』って伝えておいてくださいね」

「承知しました。本当にありがとうございます。四ッ谷も意外と寛大なところがあってよかったです。できればその優しさをこれからも持続するように心がけてください。一日一善ですよ」

「うるせえ、胡散臭い鬼野郎が。用がすんだらさっさと帰れ！」

コーヒーを口にして、明後日の方向を向きながら怒り出す。四ッ谷が不機嫌なのはいつものことだと響鬼も思ったのだろう。何事もなかったように、志遠に顔を向ける。

「それでは志遠。二十四日はよろしくお願いしますね」

「はい、わかりました」

　志遠が頷くと、四ッ谷は軽く会釈をして事務所の扉のドアノブを握ろうとする。だが、手を触れる前にドアノブが先に回った。どうやらドアの向こうに、新たな来客がいるようだ。

寂れたこの事務所に、一日にふたり以上の来客は珍しい。

「おや？」

「こんにちは～って、誰だ、あんた」

志遠は事務所に入ってきた男を見て大きく目を見開いた。

「と、と、智則さん!?」

「やあ、久しぶりだね～。志遠」

現れたのは、志遠の恋人、二階堂智則だった。天然パーマの短髪に、優しげな垂れ目。目元にある泣きぼくろが特徴的な長身の男。

志遠が二階堂の借金返済の人質として四ッ谷の興信所で働くようになって二年、一度として顔を合わせることはなかった。今では恋人と呼んでいいのかもわからないような男だ。だからこそ驚いた。彼がこの興信所に来ることはないと思い込んでいたから。

「失礼ですが、どなたですか？　志遠の知り合いのようですが」

二階堂とは初対面の響鬼が志遠に訊ねる。

「あ～、なんて説明したらいいのかな。元……ではないか。現在、恋人のはずなんですけど、それらしい交流はまったくなくて、こうやって顔を合わせるのも二年ぶりの、最低彼氏……」

「そこまで言う？　メールはちゃんと返してるじゃん」

「ちゃんと返してる……ですって⁉」

思わず志遠は二階堂を睨んでしまった。二週間以上かかる返信は『ちゃんと』とは言わない。

「なるほど。彼が志遠の恋人とは意外でした。ですが、二年も会っていないのなら、私が気づかなかったのは道理ですね。ふむふむ」

何度も頷く響鬼を見て、志遠は首を傾げた。なにかに納得している様子だが、いったいなにに納得しているのだろう？

「志遠、その人もしかして新しい彼氏？　僕という男がありながら酷いな～」

「なに言ってるの。冗談言う暇があるならお金を返す努力をしてよ」

志遠が感情を押し殺した声で言うと、二階堂はおどけた様子で「怖～い」と笑う。

「どうも。私は篁響鬼と申します。この街の飲み屋通りで小さな酒処を経営しています」

響鬼が簡単な自己紹介をした。

「フ～ン、酒処ねえ。僕、あの辺には結構遊びに行くから、店の名前を教えてよ」

「いえいえ、あなたのような方に来ていただけるような、立派な店ではありません。狭いですし、きっと店の存在にも気づかないまま、通り過ぎてしまうかと思いますよ」

静かな口調で、響鬼は淡々と言った。

(あれ……?)

志遠の頭に疑問が浮かぶ。四ッ谷に対する態度とずいぶん違うところも気になったが、彼は鬼であることを二階堂に黙っている。四ッ谷と初めて顔を合わせた時は、ちゃんと自分の正体を口にしていたのに。

(たまたまかな。『地獄の沙汰』のことを教えないのも、あの店の特徴を考えたら、二階堂さんには必要ないと思ったのかも)

あの店は、地獄に堕ちそうな人間を引き寄せるためにあるのだ。二階堂は問題の多い人間ではあるが、地獄とは関係がない。そういうことなのだろう。

二階堂は改めて志遠に顔を向けると、まじまじと見つめた。

「志遠、しばらく見ない間に、ずいぶん痩せたね～」

「……智則さんは全然変わってないね」

虚しさのような気持ちを覚えて、志遠は胸に手を当てる。

(ああ、こうやって顔を合わせてみるとわかる。私もう、この人になんの期待もしていない。愛情も感じていない)

言うなれば無関心だ。自分が痩せ細っているのに、二階堂の雰囲気が二年前とまったく変わっていないことについても、なにも感じない。

ふと思い出すのは、二年前のあのこと。

二階堂は泣きじゃくりながら、友人が蒸発して借金を肩代わりしなければならないと言った。そして志遠の前で土下座して、どうか半年だけ興信所で働いてほしいと懇願した。

しかしあの頃に比べて、今はどうだろう。

二階堂はもう、志遠に罪悪感などまったくないのではないか。悪びれのない笑顔に、健康的に見える身体。仕事で苦労しているようにも見えない。

――逃げてやろうか。

そんな思いが、志遠の心に湧き上がる。

こんなヤツ見捨てたらいいんだ。

最低な男。憎たらしい。苦しみを思い知らせて、ざまあみろと笑いたい。

どす黒い気持ちに心が支配されそうになって、志遠は慌ててその感情を打ち消した。

自分が不幸だからって他人の不幸を願ってはいけない。

憎い気持ちを押し殺して唇を噛みしめる。

とにかく、彼が完済すれば、志遠は自由になれるのだ。だから今は待ち続けるしかない。

「……お前がここに来るとはな。二階堂。どういう風の吹き回しだ」

低く、酷く不機嫌な声。

ソファに座っていた四ッ谷が、横目で二階堂を睨んでいた。その目つきには凄みがあって、志遠はふるりと身体を震わせる。

（あれ、どうしてだろう。今の四ッ谷さんは、すごく怖い）

最近は、彼の睨みに慣れてきていた。さっき響鬼とやり合っていた時だって、特に怖いとは思わなかった。

しかし今の四ッ谷には迫力がある。殺気をみなぎらせていると言ってもいい。どうして四ッ谷は、こんなにも二階堂に敵意を表しているのだろう。彼と二階堂は特にいがみ合う仲ではないはずなのに。

二階堂はひょいと肩をすくめて、四ッ谷に笑いかけた。

「四ッ谷は相変わらず目つきが悪いなあ」

「うるせえほっとけ」

「今日は志遠に用事があって来たんだよね」

チラ、と二階堂が意味深な目で志遠を見る。

「私に？」

志遠は自分を指さして首を傾げた。自分に用事ってなんだろう。もしかして、もしかしてだけど、まさか念願が叶ったのだろうか。

「智則さん。もしかして、ようやく借金を返済した……とか？」

わずかな希望を持って訊ねる。志遠に用事なんて、それくらいしか思いつかない。

だが、二階堂は無情にもニコニコと笑顔で首を横に振った。

「そんなわけないじゃない」

「あ、そう」

志遠の声が冷え冷えとする。期待して損をした。いや、最初から期待などしていなかったが、思わせぶりなことを言うからつい、都合よく捉えてしまったのだ。

「じゃあ、なんの用事なの？　いつまで経ってもお金を返せないから、代わりに払ってくれとか？　絶対に嫌だからね」

「わあ志遠。ちょっと四ッ谷のやさぐれ具合が移った？　昔は素直で優しくて、そんなこと言う子じゃなかったし、四ッ谷みたいな怖い目もしなかったのにな〜」

「……用件はなに？」

志遠はもう一度聞いた。感情を殺して、無表情で二階堂を睨む。

二階堂は志遠と四ッ谷、そして響鬼を見て「う〜ん」と困ったように笑う。

「なんだろうね、このアウェー感。僕、場違いなところに来ちゃったかな？」

「さっさと用件を言えよ。こっちも暇じゃねえんだ」

不機嫌極まりないといった様子で四ッ谷が言う。二階堂は「はいはい」と、背中を壁に預けた。

「あのさ、志遠。大学時代の友達と連絡取ってる？」

「え、どうしてそんなことを訊くの？」

「僕の友達の何人かが、志遠の大学出身の子とつきあってるんだけど、最近連絡が取れなくなったらしいんだよね。それで、志遠の知り合いだったらいいな〜って思って聞きに来たんだ」

そう言って、二階堂は何人かの女性の名前を挙げた。しかしそのどれもが、志遠には聞き覚えのない名前だった。

「悪いけど、みんな知らない人だよ。そもそも私、大学時代の交友関係は広くないし、そんなの智則さんだって知っているでしょう？　サークルにも入ってなかったし」

「そっか〜。志遠はそうだったよね。同期だからもしかしたらって、藁にもすがる思いで聞いてみたんだけど。やっぱり無駄足だったか」

あははっ、と二階堂が軽く笑う。

志遠は内心ムッとした。本当に彼は、それだけを訊くためにここへ足を運んできたのだろう。友達の彼女がたまたま志遠の大学の同期だったと知ったから来たのだ。決して、志遠を心配してとか、借金の返済状況を報告しに来たわけではない。

二階堂にとって自分はなんなのだろう。彼からはひとかけらも愛情を感じない。二階堂がなにを考えているのか、まったくわからない。

自分は二階堂のためだけに、こんな興信所で嫌々働いているのに。

ぎゅ、と拳を握った。友達の彼女の行方なんて気にしている場合だろうか。必死に働いて借金を返す努力をしているようにはとても見えないが。どうしてそんなに余裕なのか。

お願いだから、今すぐにその――。

「そのヘラヘラ笑いをやめろ。今すぐにだ」

志遠が思っていることを、代弁するかのように言ったのは、四ッ谷だった。

彼は咥え煙草で立ち上がり、壁にもたれかかる二階堂を睨んでいる。

「月海をこんなゴミ溜めに捨てておいて、今さら月海に頼るとか、馬鹿かお前は。こいつはなにも知らねえよ。頼れるダチもいねえからここにいるんだろ。用がすんだらとっとと帰れ」

静かな怒りをたたえて、四ッ谷が言い放つ。

志遠は少し驚いた。言葉は相変わらず乱暴だけれど、彼は志遠をこんな状況に追いやった二階堂を責めている。まさか四ッ谷に庇われるとは思っていなかった。

志遠と同じようなことを二階堂も思ったのだろう。彼は眠そうな垂れ目を丸くした。

「僕を非難するの？　自分でもゴミ溜めだという自覚はあるようだけど、そんな劣悪な職場環境で志遠をこき使っている張本人のくせに」

「はっ、月海がどんなに同情を誘う状況だろうが、俺には関係ない。ここに来たからには有意義に使うだけだ。でもな、善良な女を利用した上であぐらをかき、ヘラヘラ笑ってるお前にだけはそんなこと言われたくねえよ」

「……ふん、クズのくせに、言うじゃないか」

二階堂は苛ついたように、口の端をひくつかせる。四ッ谷は彼の言葉を鼻で嗤った。

「お前よりマシだからな」

初めて、二階堂は表情を変えた。志遠が今まで、一度として見たことのなかった顔だ。怒りに満ちた顔。百年の恋も冷めるような醜悪さに満ちていて、志遠は眉を顰める。

「僕はここに来るべきじゃなかったね。これからは、志遠に用事がある時は、直接連絡するよ。それじゃあね」

二階堂は志遠に笑いかけた。怒り顔を無理矢理笑顔にしたようで、異常な不気味さがある。

結局志遠はなにも言えなかった。二階堂は黙って事務所を去り、あたりはシンと静まりかえる。

「まったく……。人捜しなんててめえの力でやれってんだ。人を利用することしかできねえから、ああやって知り合いに聞き回るしか能がねえんだろうが」

そう言って不味そうに煙草を吸ったあと、灰皿でねじり消す。

どうして四ッ谷はこんなにも不機嫌なのだろう。普段から機嫌は悪いのだが、今日はいつもと様子が違うと志遠は思った。間違いなく不機嫌の原因は二階堂なのだろうが、四ッ谷がここまで彼を嫌う理由がわからない。

かける言葉が見当たらず、志遠は黙って四ッ谷を見つめた。

「月海は、俺とあいつ、どっちがマシだと思っているんだ？」

こちらを見ずに、四ッ谷が問いかける。

少し悩んで、志遠は答えた。

「今は、どっちも願い下げですね」

「はは。お前、本当にはっきり言うようになったな。元からそうやっていれば、こんな苦労もしないですんだのに。つくづく馬鹿だな、お前は」

たしかに、四ッ谷に対してこんなにも自分の意見が言えるのだったら、最初から二階堂にもはっきりと言えたはずだ。借金の質として興信所で働くのは嫌だと。

けれども、二年前は違ったのだ。元からこんな性格だったのではなく、二年間この興信所で働いたからこそ、こんな風になってしまったのだろう。

昔はただ、相手に嫌われるのが怖くて、自分の意見がはっきり言い出せなかった。二階堂の望みを聞いて四ッ谷の元で働くことになってしまったのは、同情したのと同時に、臆病な気持ちがあったからだろう。

「まあ、馬鹿なのは俺も同じなんだけどな。興信所を立ち上げて、こんなクズみたいな仕事をするようになったのも、すべて自業自得だ」

ぽつりと、四ッ谷が吐露した。立ち上がり、いつもは寒いから閉めろとうるさく言う窓をカラリと開ける。

「結局それしか道がなかったんだよな。両親が典型的なクズで、ネグレクトだわ気晴らしに暴力振るうわで酷かった。中学ん時に妹と家出して、叔母の家に転がり込んだ。でも、叔母は妹の面倒は見るけど、俺の面倒を見るのは嫌だと言ったんだ」

雪の降る空を見上げて、四ッ谷が懐から一本煙草を取り出し、カチリとライターを鳴らして火をつける。

「理由はふたつ。経済的にふたり分の養育費は出せないということ。そして、俺の人相が悪いということ。だから俺は妹を叔母に任せて、都会に出た。でもなあ、学もなく顔も悪いとなれば、まあ、食うための稼ぎ方なんて決まってるよな」

ははは、と四ッ谷が諦めたように笑う。

志遠は想像した。中学時代の四ッ谷の姿を。

本人が言うのだから、今と変わらず凶悪な顔をしていたのだろう。義務教育も終わっていない年頃で、当てもなく都会に来たとなれば、できる仕事は限られる。

身元が怪しく保護者もいない。そんな未成年の子供が、生きるために稼ぐ手段。

「四ッ谷さんが犯罪に走る第一歩が、その頃だったのですね……」

「おい人聞きの悪いことを言うな。誰が犯罪者だ」

「万引きは立派な犯罪ですよ」

「人の経歴に勝手に犯歴を作るな！　そんなことしてねえわ！」

「してないのですか!?」

志遠が心底驚いたように声を上げると、煙草を吸っていた四ッ谷がギロリと睨む。

「してねえ」

「本当に……？」

「マジだっつうの。やってたのは、風俗の客引きとか、看板持ちとか、そん時世話になった人の小間使いとかだ」

「東京都の条例には抵触してますね」

たしか、悪質な客引き行為は違反だったはずだ。志遠が思い出しながら言うと、四ッ谷は「うるさい」と一喝した。

「まあ、そういうことをやってた流れで、今のこの興信所の仕事に落ち着いたんだよ。事務所の借り上げとかは、全部世話になってる人が用意してくれたんだ」

「その、さっきからちょいちょい話題に出てくる『世話になっている人』というのは……」

「聞きたいか？」

意味ありげに、四ッ谷がこちらを見た。志遠はすぐさまぷるぷると首を横に振る。絶対にろくでもない人たちだ。一生関わりたくない類の人間だと、本能が訴えている。

志遠の反応に、四ッ谷は呆れた様子で肩をすくめて「やれやれ」と窓の向こうに顔を向ける。

「まあ、俺はこんなだけど、田舎に住んでる妹だけは、平穏でつまらねえと思うぐらいの幸せな人生を送ってほしい。間違っても、こちら側には来てほしくない」

煙草を吸って、煙を吐いて。その息は白い。煙だけでなく、空気の寒さのせいでもあるのだろう。

少し寂しげに目を伏せる四ッ谷を見て、志遠はおずおずと訊く。

「もしかして、妹さんに会いたいんですか？」

「はあ？　お前なに聞いてたんだよ。会いたかねえよ。二度と顔を合わせたくはない」

「それは今の自分を……見てほしくないから、ですか？」

志遠が言った途端、ジロッと四ッ谷が睨んだ。今のは言ってはいけない言葉だったと瞬時に理解し、志遠は「ごめんなさい」と謝る。

四ッ谷は「はぁ」とため息をついて、煙草を咥え直した。

「まったく、イライラして変なこと語っちまった。今のは忘れろ」

早口で言って、四ッ谷は窓を閉めようとする。その時「ん？」となにかに気づいたような声を出した。

「なんだこれ。——蜘蛛か」

どうやら窓のサッシに蜘蛛が張りついていたらしい。窓を閉める間際に見つけたようだ。

「ボロ事務所だからな。鬱陶しいけど、蜘蛛くらいは仕方ないな」

懐から煙草の箱を取り出し、迷う蜘蛛を箱の上に載せた。そして、窓から手を伸ばし、事務所の外壁近くで軽く振る。

蜘蛛は無事に壁を伝って逃げたようだ。四ッ谷は軽く息をつくと、今度こそ窓を閉める。

「月海が前に言ったとおり、逃がせるものならいちいち潰す必要はないのかもしれないな」

ぽつりと呟いた。

「そうですね」

四ッ谷が少し優しいことをしたのが嬉しくて、志遠が軽く微笑む。すると四ッ谷は驚いたのか、目を見開いて志遠を見た。そして少し照れたような笑顔になったあと、急にそっぽを向いて——。

「ええ、大変に喜ばしい。善行を積むのはよい兆候だと思います」

唐突に淡々とした声が響き渡って、志遠と四ッ谷は同時にハッと振り返る。

そうだ、思い出した。さっきから妙に存在感が薄くなっていたけれど。

「鬼野郎、まだいたのかよ!!」

「はい。ずっとみなさんを観察していました」

「めちゃくちゃ存在感がなかったから、てっきり帰ったものかと思っていましたよ……！」

いつの間にか、響鬼は志遠の視界からすっかり消えていたのだ。すると響鬼はチラとこちらに目を向ける。

「非常に興味深い話をしていたので、邪魔にならないようにと、気配を消していました」

「忍者か、てめえ」

四ッ谷がドン引きした声で突っ込みを入れる。しかし響鬼は相手にせず「さて」と手を叩いた。

「それでは改めて、私はそろそろ帰りますね。志遠、演奏会についてはよろしくお願い致します」

「は、はい。それはもう」

「四ッ谷。本日の善行を忘れないように。明日もなにかいいことをするのですよ。お年寄りや子供に優しくしたり、繁華街のゴミ拾いなども、よい行いだと思います」

「うっせえ帰れ！」

四ッ谷が怒声を上げるも、響鬼はまったくひるむことなく「失礼しました」と言って帰っていった。

「あいつに関わると、マジで疲れるんだが」

「私は疲れはしないですけど、すごく……こう、自分のペースを崩さない人ですよね」

同意はしないが、志遠は四ッ谷の疲労感がわかる気がした。

＊＊＊

終電の間際に仕事が片づいて、志遠は事務所の中を軽く掃除する。

すでに四ッ谷は帰っていて、事務所には志遠ひとりが残っていた。

「ふう……こんなものかな」

掃き掃除を終えて一段落した志遠は息をつき、ホウキをロッカーに仕舞う。

「終電前には帰らなきゃ。雪、そろそろ積もってるかなあ」

そんなことをぼやきながら、帰り支度をすませて、事務所を出て鍵を閉める。

そして階段を降りて、外に出た。

「ようやく――見つけましたよ」

「うぎゃー!?」

事務所のある商業ビルを出た途端、横から声をかけられたものだから、志遠は驚きのあまり飛び退いた。

そして、街灯に浮かび上がるその人を見て、志遠は目を見開く。

「ひっ、ひっ、響鬼さん⁉」

「はい、こんばんは志遠。今日は雪が降るせいか、静かで良い夜ですね」

事務所の横に立っていたのは昼にもやってきた響鬼だ。もしかして、事務所をあとにしてから、今までずっとここに立っていたのだろうか。

まさか、とは思うけれど、彼の頭や肩には雪が積もっている。寒くないのだろうか？　いや、彼は鬼だから人とは違う。もしかしたら、寒暖を感じない体質なのかもしれない。

「遅くまで仕事お疲れ様でしたね。志遠。四ッ谷はすでに帰っているというのに、勤勉なことです」

「ああ、それはいつものことですからお気になさらず。もう慣れっこですから。それよりも、見つけたってなんのことですか？」

志遠が訊ねると、響鬼が「よくぞ聞いてくれました」と言って志遠に詰め寄った。その動きでばさばさと、彼の頭や肩から雪が落ちていく。

「前に言いましたよね。あなたの周りに、地獄に堕ちるべき人間がいると」

「あ、はい。言いましたね」

「それを、とうとう見つけ出したのです。まったく盲点でした。あなたから悪人の気配が漂うので、てっきり普段からあなたと行動を共にしている人間だと思い込んでいたのです」

「な、なるほど」

　つまり、志遠と関係はあるが、普段一緒にいない人間、ということだろうか。

　誰だったのだろうと志遠が思っていると、響鬼のうしろからひょこっと制服姿の耶麻子が現れる。

「つまり、普段は志遠の傍にいないにも関わらず、強烈な悪の匂いを残すほど、そやつは悪辣《あくらつ》な人間であった、ということなのよっ」

「耶麻子ちゃんまでいたんですか!?」

「ふっふー。驚いたか？　驚かせるために響鬼のうしろに隠れていたのだから、驚いてくれないと困る」

「そ、そりゃ驚きましたけど。それで結局……誰がその悪人だったんですか？」

　志遠は改めて訊ねた。普段一緒にいないというのなら、四ッ谷は違うのだろう。それでは、まさか二階堂？　だが、彼は借金をなかなか返してくれないだけで、特に悪行を繰り返しているようには見えない。決して善人ではないだろうが、耶麻子や響鬼が言うような『悪辣な悪人』とは思えない。

　耶麻子は「うむ」と頷き、雪の降りしきる道で仁王立ちになった。

「その前に、確かめなければならないことがある。だから今、志遠に声をかけたのよ」

「どういうことですか？」

「つまり、さっそく明日にでも、四ッ谷を連れて『地獄の沙汰』に来るべしということよ。悪人をおびき出すには、まず四ッ谷の行動を把握する必要がある」

四ッ谷の行動？　彼は普段、仕事しかしていないはずだが……。

志遠は首を傾げた。しかし、重要なことを思い出して、慌てて声を上げる。

「待って、待ってください。簡単に、四ッ谷さんを『地獄の沙汰』に連れてこいなんて言わないでください。あの人が私の誘いになんて乗るわけないじゃないですかっ」

「いや〜響鬼の報告を聞く限り、そうでもないと思うけどなあ〜」

「……なんですか、その妙に生ぬるい目つきは」

耶麻子が意味深な笑みを浮かべて志遠を見るので、低い声で突っ込みを入れてしまう。

すると響鬼が、表情を動かさずに眼鏡のツルを指で押し上げた。

「彼を飲みに誘うことは、意外と簡単だと思いますよ。ほら、今は忘年会シーズンですし。おすすめの店があるとか言えば、きっとホイホイ来ますよ」

「そ、そうですかね……？」

どう考えても、そこまで楽には釣れないだろう。だが、志遠は『そういえば今まで一度も四ッ谷を飲みに誘ったことはなかったな』と思った。誘える空気じゃなかったというのが理由だが、試してもいないのに『無理だ』と決めつけるのも間違っている気がする。

志遠は「はあ」とため息をついた。

「仕方ないですね。誘うだけ誘ってみますよ。でも、断られたら諦めてくださいね」

響鬼。

「我々は手ぐすね引いて、おっと、もてなしの準備をして、お待ちしていますね」

太陽のような笑顔で指でマルを作る耶麻子と、ニコリとも笑わず不穏なことを口にする響鬼。

（そうは言っても無理だと思うけどね）

耶麻子たちと別れ、志遠はギリギリで終電に乗り込んだのだった。

さて、次の日の夜。午後八時半頃。

志遠は早めに事務所を閉めて飲み屋通りを歩いていた。隣には、だるそうに歩く四ッ谷の姿がある。

（ま、まさか本当に釣れてしまうなんて……！）

内心驚きを隠せない。意外にも耶麻子や響鬼の言うとおり、四ッ谷はあっさり志遠の誘いに乗ってきたのだ。

朝、事務所に出社して、志遠はダメで元々の気持ちで『忘年会しませんか？』と彼に言ってみた。

どうせ『なに言ってんだお前』とか『寝ぼけてんのか』とか言われるだろうな、と予想していた。

しかし四ッ谷は少し悩むように俯いたあと、志遠に頷いたのだ。

「ああ、たまにはいいだろ」

「そうですよね。やっぱりダメですよね……えええええっ⁉」

あまりに志遠が驚くものだから、四ッ谷は途端に不機嫌な顔になった。

「なんだよ。冗談のつもりだったのか。言っとくが、全然面白くねえぞ」

「そっ、そんなこと言ってません！　あ、あ、ありがとうございます？」

「なんで最後が疑問符なんだよ。それじゃあ今日は早めに閉めるから、とっとと仕事しろ。いつもの二倍早く動けよ」

「は、はいっ」

最後には四ッ谷に睨まれて、志遠は慌てて今日の仕事に取りかかったのだった。

そして、今。

昨日降り積もった雪がまだ道の端に残る飲み屋通りを、志遠と四ッ谷は黙って歩く。

「それにしても……あの、もう二年間も事務所で働いてきましたけど、こうやって飲みに行くのって、初めてですよね」

「そうだな。月海と顔付き合わせて酒を飲もうなんて、考えもしなかったからな」

気のない様子で四ッ谷が答える。

「じゃあどうして、今日は誘いに乗ってくれたんですか？」

なんだか不思議だった。今までの四ッ谷は本当に容赦なく、志遠がへとへとになるまでこき使っていた。人情や優しさなんて皆無だった。だからこそ志遠は、ずっと四ッ谷を恨んでいたし、大嫌いだったのだ。

四ッ谷はしばらく黙って歩き、遠くの夜空を見上げる。

「ふん。気が向いたんだ」

「なるほど。たまたま誘いに乗ってもいいかって思ったんですね」

「ああ。それに――」

四ッ谷は途中で言葉を止める。そしてぽそりとなにかを小さく呟いた。

「なんですか？　すみません、聞こえませんでした」

「別に聞かなくていいことだ。誘うのはいいが、どうせお前、金ないだろ。俺が奢ってやるから、ありがたく思えよ」

そっぽを向いて、そんなことを言う。

やっぱり四ッ谷はいつもどおり、言動が粗暴だ。

けれどもどうしてだろう。彼の横顔が、いつもよりも寂しそうに見えるのは気のせいだろうか。それに、先ほどの呟き――。

『最初で最後だから』

聞こえづらかったけど、そんな風に、言わなかったか。

志遠が不思議な違和感を覚えていると、目印の赤い提灯が見えてきた。

「あ、あそこがお店ですよ」

「志遠おすすめの酒処か。安月給のくせして行きつけの飲み屋があるとは生意気な。って……ちょっと待て。『地獄の沙汰』？　そんな名前の店、この通りにあったか？」

怪訝そうに四ッ谷が首を傾げる。それにはかまわず、志遠はカラリと引き戸を開けた。

「いらっしゃいませ。ようこそ、わたくしの酒処『地獄の沙汰』へ」

透明な氷のような、涼やかで明るい声。どこか艶めいた甘い声色。

（誰？）

聞き覚えのない声に、志遠は眉を顰めた。

何度かお邪魔している『地獄の沙汰』の店内は、いつもと変わらない。だが、ひとつだけ違うとするなら、いつも接客しているはずの響鬼がいなかった。代わりにカウンターに立っていたのは――目も醒めるほどの、可憐な和装美女だった。

（え、誰、本当に誰？）

志遠は店を間違えたのかと思った。しかし店の外にはちゃんと赤い提灯が揺れている。

「さあ、お好きな席へどうぞ。ほんのひとときですが、自慢の料理と、おすすめのお酒でおもてなしさせていただきますね」

にっこりと美女が微笑む。志遠が戸惑いながら四ッ谷を見上げると、彼も少なからず驚いた様子だった。

「え、えっと、この店、新しいんですか？」

あまりに迫力のある美女だからだろうか。四ッ谷が敬語を使っている。

「はい。今月開店したばかりです」

「ああ、だからか。いや、こんな美人さんが女将の店なら、絶対噂になってるだろうって思ったから、びっくりして」

「まあフフ。お上手なお客様ですね。志遠もどうぞ、お座りになって」

「あ、あの、あなたは……?」

どうやら志遠のことを知っているようだが。志遠にはまったく覚えがない。戸惑いながらカウンター席に座ると、美女は軽くウィンクをした。

「わたくし耶麻子よ。お忘れにならないで、志遠」

「ぶはあ!」

志遠は思いっきり噴き出し、そのままカウンターにゴンと額を打ちつけてしまった。

「わっ、なんだよいきなり」

隣に座った四ッ谷が驚いた声を上げる。志遠はカウンターに手を置くと、ゆっくり顔を上げた。

「な、なんでも、アリマセン……」

「顔が真っ青だぞ。もしかして気分でも悪いのか?」

「いえ。お、おかまいなく」

志遠があまりに挙動不審なので、さすがの四ッ谷もびっくりしたようだ。しかしここで驚かないでどこに驚けというのだ。耶麻子といえば女子小学生の姿で、下手くそなギャル語を使おうとする、変な閻魔大王だ。こんな美女にもなれるなんて聞いてない。

(響鬼さんが店の中にいないのも、もしかして四ッ谷さんに警戒させないため……?)

四ッ谷と響鬼は犬猿の仲だ。顔を合わせればお互いに喧嘩腰になる。それを避けようとした響鬼は表に出ることをやめ、代わりに耶麻子が接客係として出ているのか。

「さあ、まずは一杯。こちらのお酒なんて、いかがですか?」

カウンターの裏で酒の準備をして、耶麻子は志遠と四ッ谷の前にグラスを置く。

「これは、もしかして焼酎ですか?」

志遠が訊ねると、耶麻子が「ええ」と頷いた。

「日本酒もいいけれど、時には焼酎も良いものですよ。こちらは是非、ロックでどうぞ」

グラスの中には、透明な酒が満たされ、丸く削られた氷が浮かんでいる。それは照明に反射して艶やかな光を放っていた。

志遠と四ッ谷は同時にグラスを手に取り、くんと匂いを嗅いでみる。

「あっ、これ……なんだか優しい匂いがします」

「もしかして、栗……か?」

四ッ谷は首を傾げながらこくりと焼酎を飲み、喉仏を上下させる。

「うまいな!」

「喉のざらつきがなくて、とても香り豊かですね。味に嫌みがないからするする飲めてしまいます。これ、どこの焼酎なんですか?」

志遠が訊ねると、耶麻子がクスクス笑いながら酒瓶を持ち上げた。

「こちらは茨城県は笠間《かさま》市の栗焼酎。その名も『十三天狗《てんぐ》の伝説』といいます」

「茨城って、焼酎なんて造ってたのか？」

四ッ谷が感心したように言う。すぐに飲みきってしまったので、耶麻子は片手で自分の袖を持ちながら、彼のグラスを取り上げた。

「茨城県は、日本酒はもちろんのこと、米、そば、芋など、さまざまな焼酎を造っていますよ。笠間市は、国内でも有名な栗の生産地なので、焼酎も栗なのでしょうね」

「へえ。笠間っていうと、焼き物のイメージしか持っていませんでした」

志遠も知らなかった。耶麻子は軽く頷いて、グラスに栗焼酎をとくとく注ぎ、四ッ谷の前に置いた。

「栗焼酎といえば、高知県の『ダバダ火振《ひぶり》』も有名です。こちらは焼き栗焼酎で、香ばしく甘い匂いが特徴的ですのよ。今度、用意しておきますね」

ニコニコと愛想よく耶麻子が言うと、再び焼酎を口にした四ッ谷が「はあ」と感慨深そうなため息をついた。彼なりに、酒を楽しみ始めているようだ。

「さて、お料理をどうぞ。こちらは今日のつきだし、しめ鯖です」

耶麻子が、青色の小さな陶器の皿に載せたつきだしをふたりの前に置く。

「こちらは、青森県の鯖ブランド『八戸前沖《はちのへまえおき》さば』を使用しました。脂分がたっぷり含まれているので『とろさば』とも呼ぶそうですね。味にまろやかさのある米酢でしめましたが、その時にすだちを絞ったことで、とても爽やかな味わいになっていると思いますよ」

流れるような耶麻子の説明に、自然と食欲が湧いて口の中に唾液がたまる。隣では、四ッ谷が嬉しそうに箸を取った。

「うまそうだ。しめ鯖なんて、ずいぶん久しぶりに食べる気がする」

四ッ谷がしめ鯖を口に入れる。志遠も続いてぱくりと食べた。

「おいしい！」

噛んだ途端、青魚独特の匂いがすだちの上品な香りと共に口の中いっぱいに広がる。

優しい甘さのある米酢の風味。

丁寧な行程を踏んでしっかりしめた鯖の味わいは、ほどよく水分が抜けて、旨味がぎゅっと凝縮している。

「生臭さが全然ないな。青魚はどうしても魚臭くて、俺、あまり好きじゃなかったんだけど」

「うちは料理人の腕がいいですから。お好みで薬味もどうぞ」

耶麻子がいろいろな薬味の載った皿を置いてくれる。志遠は荒く擦った大根おろしを載せて食べてみた。大根の香りとぴりりとした辛さが、まったりしたしめ鯖の味わいを爽やかにしてくれる。

「んんっ、薬味と食べると、また味わいが全然違いますね」

新たな境地を知った気分だ。

四ッ谷は針ショウガと一緒にしめ鯖を食べる。

「ああ、焼酎ともすごく合うなあ」

四ッ谷が幸せそうに酒を飲んでいる。こんなにもゆったりとした表情の四ッ谷は初めて見た。彼も人の子。酒を飲めば人並みに気持ちがよくなるんだなと、志遠はごく当たり前のことを今さらながらに思った。

「あら、次は揚げ物ができたみたい。ちょっとお待ちくださいね」

小走りで耶麻子が厨房の中に消えていく。

志遠と四ッ谷はしばらく黙って、栗焼酎としめ鯖に舌鼓を打っていた。

「……月海」

「はい」

「お前、こんな店いつから知ってたんだ。なんでもっと早く教えなかったんだよ」

「ご、ごめんなさい。私もつい先日見つけたんですよ」

少し酔ったのか、四ッ谷の目は少し据わっていた。志遠は慌てて謝って心の中でため息をつく。この店で普段接客しているのは響鬼なのだと知ったら、四ッ谷はどういう反応を見せるだろう。さらに、この店の目的が、地獄に堕ちようとしている人間を更生させるためなのだと知ったら……。まったく想像がつかないが、とりあえず怒り出しそうな気はする。

「お待たせしました」

しばらくして、耶麻子が愛想のよい笑顔で戻ってくる。

「こちらメヒカリの天ぷらです。揚げたてですから、とてもおいしいですよ。よろしければ、まずは藻塩《もしお》で。その後お好みでおつゆにつけて食べてくださいね」

大皿に盛られたメヒカリは、十五センチほどの小さめの魚だ。頭の先から尻尾までからりと揚げられていて、ほかほかとおいしそうな湯気を立てている。

耶麻子が勧めるとおり、まず志遠と四ッ谷はメヒカリに藻塩をつけて頬張った。

サクッとした香ばしい歯ごたえに、柔らかくて優しい白身の味わい。つゆは、よくある茶色い天つゆではなかった。どうやら酢に藻塩をまぜたものらしい。だが、酢独特のツンとした匂いや強い酸味は感じなかった。爽やかな酢の味わいに、コクのある藻塩の塩味が淡泊なメヒカリの味を存分に引き立たせる。

揚げたてはとても熱くて、志遠ははふはふと食べるのに苦労したが、できたてでないと味わえないおいしさが、そこにあった。

「この味、たまらないですね。一匹が小さいから、いくらでも食べられそうです。このおつゆは、なんで作られたものなんですか？」

「はい、それは料理長特製の合わせ酢です。藻塩と合わせてちょうど良い風味になるよう、試行錯誤したみたいですよ」

「酢以外にも柑橘類の果汁が搾ってあるみたいだな。香りがフルーティだ」

さくさくとメヒカリを食べながら、四ッ谷も懸命に合わせ酢の味わいを確かめているようだ。耶麻子はクスッと笑って「そこは企業秘密ということで」と言った。

志遠は箸置きに箸を置いて、口についた天ぷらの油をぬぐい、グラスを傾ける。香りが甘く飲みやすい栗焼酎が、口腔を爽やかに洗い流してくれた。

「はあ……幸せですねえ」

「酒もつまみも、口に入るならなんでもいいと思っていた。それなのに、こだわってみるとこんなにも気持ち良く酔うことができるんだな。酒というのはうまいものだったんだと、今さらながらに気づかされた」

俯き、焼酎ロックの入ったグラスを片手に、四ッ谷が小声で言った。

志遠も同じ気持ちだ。長らく酒のうまさなんて忘れていた。とにかく酔えればいいと、安酒に手を出すことのほうが多かった。

でも、おざなりな食事をするのと、うまい酒と料理を味わうのは、こんなにも違う。明日を生きようとする活力が生まれるのだ。幸せを感じると、気持ちは自然と前向きになる。志遠もそうだし、おそらくは四ッ谷もそうなのだろう。

「天ぷらでお腹具合も落ち着いてきたでしょう。ちびちびお酒を飲みながら、珍味でもいかがですか？」

耶麻子は小皿をふたりの前にそれぞれ置いた。

「これは、あん肝ですか？」

志遠が訊ねると、耶麻子が「そうです」と頷く。

「あんこうは今の時期が旬ですからね。事前に連絡をいただければ、あんこう鍋もご用意できますよ」

「あんこう鍋か。話には聞くけど食べたことはないな。……うん、あん肝うまい。紅葉おろしがいい仕事してるなあ」

「ちょっと七味も振ってありますよね」

あん肝はきちんと下処理されているようで、臭みがまったくなかった。濃厚なチーズのように、舌にねっとりとまとわりつくあん肝からは、ほんのりゆずの香りがする。それに合わせる紅葉おろしや七味のピリリとした辛みがちょうどよいアクセントになっていた。

濃いつまみには、さらりと飲める酒が合う。

四ッ谷が幸せそうにため息をついた。

「こんな風に酒をうまいって感じるのは、何年ぶりだろう」

「四ッ谷さんも、お酒はおいしいと思っていなかったんですか？」

「志遠もそうなのか？　……いや、そうだな。あんなところで毎日働かされていれば、酒をうまいと感じる余裕なんて、なくなるよな」

自嘲するように笑う四ッ谷を見て、志遠は困惑した。

入社した当初から、四ッ谷にはこき使われていた。休みらしい休みも与えられず、朝から晩まで心がやさぐれるような気分の悪い仕事ばかりさせられてきた。

そんな風に志遠を使い倒している四ッ谷自身が、自分の立ち上げた職場を『あんなところ』と言う。

実は四ッ谷も、あの事務所で働くことを楽しいとは思っていないのだろうか。

志遠が疑問を覚えていると、四ッ谷は焼酎の入ったグラスを手に取った。そして、人差し指で丸い氷に触れ、クルクルと回す。

「自ら進んで、ゴミ溜めみたいな世界に入った。学のない俺は、他に食べていく方法がわからなかった。利口になれば楽に生きられると思って、たくさんのやつらを踏み台にして、のし上がろうとして」

ふいに、氷を回していた指を止める。四ッ谷は俯いたかと思うと、くっと呷るように酒を飲み干した。

「俺も志遠のことは言えない。馬鹿なんだ。なにも考えてなかった。俺とあいつは別々の人生を歩むと信じていた。あいつは関係ないはずだった。それなのに、俺があいつの足を引っ張ってしまった。こんなことになるなんて、思ってもみなかった」

四ッ谷はカウンターにコトンと空になったグラスを置くと、まるで後悔を吐露するように話した。

あいつとは誰だろう。四ッ谷は誰かに対して申し訳ないと思っているようだ。

「この国は、一見平和に見えるけれど、さまざまな歪みを抱えているようですね」

静かに耶麻子が言って、四ッ谷のグラスをカウンター越しに取り上げる。そして長細いタンブラーを戸棚から取り出すと、焼酎の水割りを作り始めた。

「水割りはいかがですか。香りを引き立たせるために、氷はなしで、常温の水で割ってみました」

「ありがとう」

耶麻子から手渡しでグラスを受け取り、四ッ谷が素直に礼を言う。

「ああ、うまい。そうだな、どの国にも一長一短あるんだろうが、この国は……」

はあ、と息をついて、四ッ谷が天を仰いだ。

「道を間違えたやつに冷たすぎる。……俺は、この生き方しかわからないし、他にどんな生き方があるのか知らない。だから、どういう生き方が正しいのかもわからない」

生きるため、がむしゃらに走ってきた。倫理も道徳も蹴っ飛ばして、行くところまで行ってしまった。

そういう人間を、世間はなんと呼ぶのだろう。

社会の底辺。ならず者。ろくでなし。……正しくない人間。

そう非難して、見下して蔑《さげす》んでいるだけの人はごまんといる。けれども、実際にその『底辺』であえぎ、どうしたらいいかもわからずにいる人はどうしたらいいのか。

誰だって、悪いことをしたくて生きているわけではない。

誰だって、正しいことをしたいという気持ちは持っているはずなのだ。

でも、人は間違える時がある。時には人生そのものを、根底から覆すほどの失敗を犯す時もある。

正しくない人間を排除する空気を、志遠は常に感じている。テレビやネットのニュース、

SNS。至る所で『正しい人』が『正しくない人』を非難している。

道を間違えた人間を正しい場所へと導くのではなく、糾弾して存在を否定する。人生という闘いの、敗者復活を許さない人たちがいるのだ。

いつの間にこの国は、こんなにも寛容さを失ってしまったんだろう。

志遠はどんなに考えても、答えを出すことができなかった。


四ッ谷はぽつぽつと愚痴を零しながら、途切れることなく酒を飲んでいた。

志遠はすでに水を飲んでいる。四ッ谷のペースに合わせていたら、酔っ払って倒れてしまいそうだった。

ひとしきり酒を楽しみ、言いたいことをすべてぶちまけた四ッ谷は、やがて目を瞑ってしまった。耳を澄ますと、かすかに寝息が聞こえてくる。

「四ッ谷さん、寝ちゃった……」

志遠は目を丸くした。うたた寝してしまうほど飲むなんて、志遠には考えられない。

「ふぅ〜っ！　やっと酔い潰れたか。こやつ、なかなかのウワバミだな。焼酎一本綺麗に飲み干してしまったわ」

気取った様子のない、いつもどおりの可愛い耶麻子の声が聞こえる。

志遠が振り向くと、いつの間に戻ったのか、小学生姿の耶麻子がカウンターの向こうに立っていた。

「あ、あれっ、耶麻子ちゃん。さっきの姿はやめたの？」

「あの超絶艶美人アダルト耶麻子バージョンは、大変疲れるのよ。ごっそり精神力が削られるから、用がすめば即刻戻りたいの。マジ勘弁〜！　二度とやりたくない！」

元に戻った耶麻子はすっかりいつもどおりだ。変なギャル語も、志遠の隣に座ってカウンターに頬を載せてぐったりする姿も、いつものままである。たしかにさっきの大人な耶麻子は、相当無理をしていたのだろうと、ひと目でわかるほどだ。

「なかなか手こずりましたね」

にょきっと厨房から響鬼が顔を出した。

「うわっ、響鬼さん、そんなところに隠れていたんですか」

「はい。他に潜伏場所がなかったので。司録が狭そうにしていましたが、我慢していただきました。さて、ようやく主の仕事ができますね」

カウンターの内側、いつもの定位置に立った響鬼が、耶麻子を見ながら言う。

「耶麻子ちゃんの……仕事？」

志遠が首を傾げると、耶麻子は制服のポケットから古びた手鏡を取り出した。

それを見た志遠は思い出す。以前にも彼女は、その手鏡を振っていた。

「浄玻璃鏡。この鏡の前に、人は誰しも自らを偽ることはできない。善行も悪行も、すべてを見通すことができる。魂の審判を下すわたくしにとって、この鏡は必需品なのよ」

ゆらりと鏡を振って、耶麻子は古びた鏡に四ッ谷を映す。

「四ッ谷が今、なにを為そうとしているのか。志遠も見るといい」

耶麻子に言われて、志遠は寝息を立てる四ッ谷に気づかれないよう、そっと鏡を見た。

鏡にぼんやり映るのは、四ッ谷と見知らぬ女性。

場所は駅のホームだろう。時々電車が駅に到着したり、通過したりしている。

『しばらく――で、――してくれ。追って――』

雑踏がザワザワとうるさくて、四ッ谷がなにを話しているかちゃんと聞き取れない。だが、不思議と彼の表情は穏やかだった。いつもみたいに不機嫌ではなく、怒っている様子でもない。

彼と話をする女性は、志遠と同じくらいの年に見えた。

旅行でもするのだろうか、彼女の横には大きめのキャリーバッグがある。

『ありがとうございます。……はい、わかりました』

次ははっきり聞こえた。女性の声だ。しかしどんな内容の話をしているかはわからない。

手鏡に映る映像に、ザザッとノイズが走った。そして、また駅のホームを背景にした四ッ谷の姿が映し出される。

四ッ谷が着ている服は、先ほどと違っていた。彼が話している女性も、別人だ。

『場所は用意してある。これが――だ』

『ありがとうございます。これで――』

四ッ谷は女性に封筒を渡していた。

（あれ？　あの封筒は……）

封筒に見覚えがあった志遠は首を傾げる。どうしてあんなものを女性に渡しているんだろう。

次から次へと、映像は変わっていく。そのたびに四ッ谷は駅のホームでまた別の女性と話し、女性は四ッ谷に礼を言ってキャリーバッグを引き、電車に乗っていく。

女性は、高校生くらいの未成年者から中年の女性まで、年齢層は幅広かった。

中には、志遠の知っている顔もあった。仲が良いわけではなかったが、大学で同じ講義を受けていた同期生だ。

「いったい、四ッ谷はなにをしておるのだろうな？」

「これ、夜逃げの手伝い……に似てますね」

志遠が言うと、耶麻子と響鬼が視線を向けた。どうやら説明しろということらしい。

「えっと、うちの興信所はいろいろやっているんです。浮気調査や身元調査といったものから、代理で行列に並んだり、場所取りをしたり、お金さえもらえたらなんでもやるんですけど」

言葉にして説明していると、なんともやくざな仕事だと思う。四ッ谷は本当に金さえもらえたらなんでもやる男だ。ペットのしつけまでやってしまう。

「そういった仕事の一環に、夜逃げの手伝いがあるんです。追加料金で、他にもいろいろなサービスがあります」

ＤＶ夫から逃げ出したい、借金返済が滞ったから逃避したい、夜逃げの理由はさまざまだ。必要に応じて、戸籍も変えたいだとか、逃げた先での住居も欲しいなどといった、いろいろなフォローもする。

「手鏡に少しだけ映っていましたけど、四ッ谷さんがある女性に渡していた封筒は、役所で無料でもらえる封筒です。おそらくあの封筒の中には、戸籍を変更するのに必要な書類などが入っているんじゃないでしょうか」

「なるほど。女が礼を言っているのは、夜逃げを手伝ってくれたことに対する感謝なのだな。足元にはそこそこ大きい荷物がある」

「耳には届きませんでしたが、四ッ谷の口の動きを見るに『しばらく大阪のホテルで待機してくれ。追って用意した住居を連絡する』と言っているようですね」

響鬼は読唇術が使えるようだ。意外な特技を持っているのね、と志遠は密かに驚く。つくづく、鬼にしておくのは惜しい。是非とも興信所で働いてほしい。

「決まりだな。四ッ谷は複数の女の夜逃げの手伝いをしていたのだ。……ちなみにこれは、事務所で依頼された仕事ではないのか？」

耶麻子に訊ねられた志遠は、首を横に振る。

「事務所に、こんなにもたくさんの夜逃げ依頼が来ていたら、私も把握しているはずです。けれども、ここ最近はそんな依頼はなかったので」

「つまり四ッ谷は仕事ではなく、プライベートで動いていた……ということですね」

響鬼の言葉に、志遠は黙り込む。

顎に指を添えて考えるように顰め面をしながら、隣に座る四ッ谷を見た。

彼はすっかり気持ち良く寝ているようだ。常に皺の寄っている眉間が、今は穏やかな表情になっている。

「仕事に私情は挟まない。相手が誰であれ、正当な報酬はもらう。それが四ッ谷さんのモットーだったはずなのに」

四ッ谷とボランティアはもっともかけはなれている。彼が無償奉仕するなどありえない。

実は密かに金をもらっているのだろうか？　事務所を通さず、プライベートでも仕事を引き受けているのだろうか。

……いや、そこまで仕事熱心だとは思えない。

そもそも四ッ谷は今の仕事を楽しいと思っていないのだ。それならどうして、こんな風に、志遠の知らないところで夜逃げの手伝いなどをしているのだろう。

「ふむ、なるほど……そういうことか」

鏡を見ていた耶麻子が、ふいに納得したように頷いた。

「なにが、そういうことなんですか？」

志遠が訊ねると、鏡をポケットに仕舞った耶麻子が、響鬼の出したお茶を飲む。

「志遠の近くにいる、地獄に堕ちるべき悪。そやつの悪行を、四ッ谷が止めているのだよ。こうして女性を遠方に逃がすことでな」

「え、それって、四ッ谷さんが女性たちを悪い人から助けているってことですか？」

志遠が訊ねると、響鬼が「いいえ」と首を横に振る。

「結果的に助けていますが、本人に助けているという自覚はありませんよ。むしろ彼は、単に悪人の邪魔をしたいから動いているように見えますね」

「はあ、つまり。いったい誰が悪人なんでしょう？」

志遠は再び疑問を投げかける。どうもふたりは、あえて志遠に答えを教えないようにしているように見える。

案の定、耶麻子と響鬼は意味ありげに視線を交わした。

「それは近いうちにわかる。今、志遠に事実を教えないのは、あくまで志遠には自然体でいてほしいからだ。悪人も四ッ谷も、妙に聡《さと》いところがある。一方で志遠は感情が顔に出やすいからな」

「すみません。私たちはもう少し、彼らの動向を見守りたいのです。ここぞというところで、主が迅速に動けるようにしておかなければなりませんから」

「うむ……アレは目立つし、場所も取るからな」

響鬼の言葉に、耶麻子が困ったような口調で言って、腕を組んだ。

なんの話をしているのだろう？　志遠にはさっぱりわからない。

わからないけれど……志遠は静かに寝息を立てる四ッ谷を見つめた。

（四ッ谷さん、あなたはなにをしているの？）

複数の女性の夜逃げを手伝っているのに、そんなそぶりは一切志遠に見せない。

（なにを隠しているんだろう……）

知りたいような、知りたくないような。でも、知らなきゃいけない気がする。

だが、今は。どんなに四ッ谷の寝顔を見たところで、彼の真意が理解できるはずもなかった。

バターにんにく醤油の魔法で淡泊なこんにゃくが大変身!?

笠間の栗焼酎 十三天狗の伝説

製造元 ── 明利酒類

笠間焼で有名な茨城県笠間市は、
栗の産地としても知られています。
秋を代表する自然の恵みを使用した栗焼酎は、
香りに甘さがあって、呑めばスッキリと淡麗。
ほろ苦い後味の中に確かな栗の風味を感じます。

オススメこんにゃくツマミ こんにゃくステーキ

- 板こんにゃくは、幅1センチくらいの薄切りにして、格子状に隠し包丁を入れる。
- 軽く塩を振って揉み、湯がいて臭みを消す。
（こんにゃくステーキは、ぷりぷりした食感のほうがおいしいです!）
- フライパンにバターを入れて、湯を切ったこんにゃくを炒める。
- こんにゃくにバターが絡んだら、醤油を2～3回し。
にんにく（チューブでもOK）少々入れる。
- 水気がなくなって、トロリとするまで炒めたら、できあがり。

comment

お酒に合うように、濃い目の味つけです。
こんにゃくにバターにんにく醤油の味が
よくからんでおいしいです★

年明けまであとわずか。二日後にクリスマスを控えた今日。志遠は今日も今日とて興信所の仕事をしていた。

早朝に事務所に出社して掃除をしていると、ふらりと四ッ谷がやってきた。そして開口一番、志遠に仕事を押しつけたのである。

昨晩の『地獄の沙汰』で、四ッ谷はうたた寝してしまった。

『私が責任を持ってお送りしますよ』と、タクシーを呼んだ響鬼が言っていたのでおそらく無事に帰れたのだとは思うが、それについての説明は一切なかった。

むしろ「さっさと仕事に行け」と、志遠を邪険に扱い、半ば無理矢理事務所から追い出すほどだった。

(昨日は、ちょっと距離が近づいたかなって思ったのにな)

志遠はほんの少し残念に思う。昨日の四ッ谷は、志遠の誘いにも素直に乗ったし、他愛のない世間話もできた。少しは気を許してくれているのだろうか、と志遠が思った矢先、彼の態度は一変していつもどおりに戻ってしまった。

きっと勘違いだったのだろう。昨日はたまたま機嫌が良かった。今日は通常の不機嫌モードに戻った。それだけなのだ。

ピー、と金属探知機が高い音を出す。

「あっ、本当に仕掛けられてる」

物思いにふけっていたところで、突然我に返る。志遠が調査しているのは、とあるオフィスビルだ。フロアごとにさまざまな会社が入っているのだが、最近、主に女性から『トイレや更衣室から変な電子音がする』といった報告が多く寄せられたらしい。

警察に被害届を出そうにも、証拠がなければ出せない。かといって管理会社には調査専門の部署などあるはずもなく、こうして四ッ谷の事務所に依頼が舞い込んだのである。

「年末だというのに、暇なことをする人がいるもんだね」

オフィスビル一階にある共用女子トイレ。志遠は管理会社に借りた脚立に登って、天井にある火災報知器に手を伸ばす。

「月海さん、どうですか～？　ありましたか～？」

管理会社の担当者が、トイレの向こうから声をかけてきた。男性なので、女子トイレには入れないのだ。

「ありましたよ。火災報知器が隠しカメラになっていました」

「ゲェッ！　か、火災報知器が!?」

外から男性が驚いた声を上げる。

「念のため、すべての階にあるトイレを調べたほうがいいかもしれないですね。かまいませんか？」

「もちろんですよ！　ありがたい。このオフィスには更衣室もあるので、そちらもお願いできますか？」

「わかりました」

このトイレには、火災報知器に擬態した隠しカメラがついていた。しかし他の場所にも取り付けているとしたら、同じものを使っているとは考えにくい。

（不審なコンセント、アダプター、鏡の留め金。更衣室なら壁時計あたりが怪しいかな）

金属探知機に反応しない盗聴器も存在している。最後には志遠の経験と勘がものを言うのだ。

他にもおかしなものが取りつけられていないか、ひととおりトイレの中を調べ尽くした志遠は、脚立を持ってトイレから出る。

「年末でお忙しいのに、急な依頼でも来てくださって助かりました。ここで働く人たちも安心すると思います」

「犯人の特定調査は依頼内容にありませんでしたが、大丈夫ですか？」

「はい。証拠が見つかったので、あとは警察と相談しますから」

そんな話をしながら、志遠はオフィス内を移動し、トイレや更衣室を調べていく。

やがてすべての調査を終えて、志遠は担当者に挨拶したのち、オフィスをあとにした。

はあ、と息を吐くと、白い。

空を仰ぐと、どんよりとした曇り空が広がっていた。雪は降っていないが、いつ降ってきてもおかしくないほど、外は寒い。

繁華街には、相変わらず明るいクリスマスソングが流れていて、二日後のクリスマスが過ぎると、正月らしい音楽がかけられるのだろう。

「今年も終わりか」

実りがあったような、なかったような、なんともいえない一年だった。

無駄な一年とは思わないが、有意義だったとも言いにくい。興信所の仕事はバラエティー豊かなので、ある意味人生勉強になっているかもしれないが、これから先、ずっと、あの事務所で働くのかと思うと気持ちがげんなりしてくる。

「はあ。来年はもう少しマシな年になりますように」

切ない願望を口にして、志遠は事務所に向かって歩き出す。

その時、ふと、見知った顔を目にした気がした。

「えっ？」

思わず顔を向ける。すると志遠の視線の先に、二階堂がいた。

隣には、知らない女性の姿。

腕を組んで、まるで恋人同士のように歩くその姿を見て、志遠の身体は固まる。

もはや愛なんてないとわかっていた。自分が四ッ谷の事務所に押し込まれた時点で、志遠の立場は恋人から単なる質草に変わったのだ。

メッセージの返事も遅いし、電話にも出ない。

だからもう、自分と二階堂は終わっている。恋人としての関係は、もはや切れている。そうわかっていても、実際に、別の女性を連れて歩いている現場に遭遇すると、ショックを受けてしまう。

借金返済のために、身を粉にして働くわけでもなく、言い訳ばかりして、安定した職にも就かないで。

あげく、女と遊んでいる。

ぐっと手を握りしめた。少しずつでも、完済を目指して頑張っているのだと信じていたのに。最後の望みが絶たれた気がした。

自然と足が、二階堂のほうに向く。目立たないように人混みに紛れて、尾行調査で培った経験を無意識に発揮し、志遠は二階堂を追った。

もう、限界だ。

仕事をしているならよかった。仕事もしないで女遊びに興じているならもう知らない。あのふたりがつきあっているという証拠を摑み、二階堂の前につきつけてやるのだ。そして今度こそ言ってやる。ずっと心の内に秘めていたけれど、彼を信じていたからこそ我慢していたあの言葉を。

――『あなたなんか地獄に堕ちればいい』って。

大通りから側道に入ると、人通りは一気に少なくなる。

ここからが本領発揮だ。物陰に隠れながら慎重に歩を進めて、二階堂のあとを追いかける。

ぐつぐつとはらわたが煮えくりかえるような感情。

これは嫉妬ではない。そんな可愛い感情は、二年の間で消え失せた。

ただ、許せないのだ。自分はこんなにも頑張っていたのに、二階堂はあんな風に気楽そうな笑みを浮かべている。返すべき金も返さず遊んでいた。それが許せない。

二階堂と女は、やがて落ち着いた雰囲気のコーヒーショップに入った。志遠はコートを脱いで、努めて自然に入店する。

コーヒーを注文して、二階堂の声が拾えるギリギリの場所を見つけて席につく。

耳にイヤホンを嵌めて、集音器を作動させた。ザワザワしたノイズが一気にクリアになり、二階堂と女の会話が引き立って聞こえる。

『それで、大事な話ってなあに？』

女の声だ。二階堂が「うん」と、やけにシリアスな様子で話し始める。

（遊んでいるわけではないのかしら。深刻な話をしようとしている……？）

志遠はイヤホンから聞こえる声に意識を集中させた。

『あのさ、すごく言いにくいんだけど。実は僕、友達の借金の保証人になっていてね、でもその友達が蒸発してしまって、多額の借金を肩代わりしなければいけなくなってしまったんだ』

『ええ～？』

女が驚いたような声を出した。志遠も黙ったまま、目を丸くする。

（え、この話の内容って……）

志遠はとにかく続きを聞かなければと、真剣な顔でイヤホンに手を当てた。

『ちゃんとお金は用意できるんだよ。でも、少し時間がかかりそうなんだ。それで、すごく申し訳ないんだけど……リカ、僕が借金返すまでの間、あそこで働いてもらえないかな』

『えっ、あそこって、あの、夜のお店……だよね？』

会話を聞いていた志遠は息を呑む。

――『お金は用意できるんだ。ただ、額が額だから返済に時間がかかるんだよ。それで悪いんだけど志遠、あそこで働いてくれないか？　僕が全部返し終わるまで、半年でいいんだ』

それは二年前、二階堂が志遠に言った言葉だ。

あの時と同じことを、二階堂は女性に言っている。

（しかも、夜のお店だなんて、なにを考えているの？）

さらに二階堂の懇願は続く。

『その店は、友人が借金した金融会社のグループ会社なんだ。俺が返済から逃げないために、人質みたいなのが必要だって言われちゃって。俺が絶対逃げられない大切な人っていったら、リカしかいないから』

『智則くん……』

女が感激したような声を出した。しかし志遠はそれを聞いているどころではない。

（どういうこと？　全然わからない。どうして智則さんは、二年前に私に言ったのと同じ言葉を、別の人にも言っているの？）

考えても答えが出ない。その間にも、会話は進んでいく。

『リカ、借金を全部返したら結婚しよう。もう困らせることはしないよ。手堅い職に就いて、一生大切にする。こんなことは今回限りだ。約束するから……』

なにからなにまで志遠と同じ。

二年前の志遠も、二階堂にそう言われた。肩代わりした借金を返済したら結婚しよう。もう保証人なんて二度とならない。約束する。一生大切にするから。

まるであの日をやり直しているみたいに、会話のなにもかもが同じだった。

二階堂は両手を合わせて女性に頼んでいる。女性はしばらく悩んだ様子だったが、やがて――。

『わかったよ。今回だけなら……。期間は、そんなに長くないんだよね？』

『大丈夫！　半年だけだよ』

『半年だけなら……大丈夫かな』

『よかった。ありがとう！　リカは可愛いから、きっと人気者になれるよ』

二階堂は気をよくしたように女性をべた褒めする。女性はまんざらでもないように笑っていた。

志遠は唖然とした表情のまま、ゆっくりとイヤホンを外した。

どういうこと？　ずっと頭の中が混乱している。

二階堂が借金を返済するまでの間、金融会社とつきあいのある、とある興信所で働いてほしい。志遠の場合は、それが四ッ谷の事務所だった。

半年で返済できるから。そうしたら結婚しよう。

そんな口約束をして、いざ四ッ谷の事務所で働き始めたら、二階堂の態度が少しずつ変わっていった。

メッセージの返事をしない。電話にも出ない。〝愛している〟の言葉もなくなって。

安月給で朝から晩まで働かされて、心身ともに疲れ果てて、恋だの愛だの、そんな浮ついた感情が少しずつ削られていって……。

そして、二年が経った。二階堂はいまだ、借金を返していない。

――私、もしかして、騙されていた……？

二階堂に気づかれないように、そっとカフェをあとにする。

もし、真相を知っているとするなら、四ッ谷だ。彼と二階堂は知り合いのようだし、そもそも、二階堂の紹介で志遠を雇ったのだ。きっと内情にも詳しいだろう。

普通に歩いていたのが、だんだんと早足になる。気づけば、志遠は事務所に向かって走っていた。

はあはあと息を切らしながら冷たい階段を上り、勢いよく事務所の扉を開く。

「おう、おかえり」

四ッ谷はまだ事務所に残っていた。気のない様子で、志遠を迎える。

「これは……どういう、ことですか」

志遠は驚愕に目を見開いた。先ほどまで、いの一番に聞きたいと思っていた疑問が一気に霧散する。

なぜなら、事務所にはなにもなかったのだ。

ごちゃごちゃと書類のたまったデスクも、いつも山になっている灰皿も、ローテーブルも、ソファも――。

なにもない。まるで夜逃げでもしたみたいに、事務所の中はガランとしていた。

「思ってたより帰りが早かったな。お前もそれなりに調査員として成長したということか」

皮肉げに笑う四ッ谷に、志遠は詰め寄った。

「これは、どういうことですか」

「見たらわかるだろ。事務所を閉めるんだよ。倒産するんだ、この会社」

「はあ⁉」

志遠は愕然として、素っ頓狂な声を出した。四ッ谷が「うるせえなあ」と渋面になる。

聞きたいことはいっぱいある。

いつ倒産なんて決まったのだ。事務仕事の中に経理の処理もあったけれど、赤字の様子はなかった。むしろ破格の依頼料をせしめて暴利を貪っていたから、黒字経営だったはずだ。

納得できない。志遠はすぐにでも追及したくなったが、まず最初に聞かなければならないことを思い出す。

「四ッ谷さん、私、さっき、智則さん……二階堂さんを見かけたんです」

二階堂の名を出すと、四ッ谷のこめかみがピクリと動いた。

「知らない女性を連れていました。そして、二年前に私にしたのと同じ『お願い』をしていたんです。半年だけの期間、金融会社の紹介する職場で働いてほしいって」

「へえ」

無表情で相づちを打つ四ッ谷に、志遠はさらに言葉を畳みかける。

「どうして私と同じ言葉を、他の女性にも言っていたのか。四ッ谷さんは知っているんでしょう？　教えてください」

「俺が知っているとして、お前に教えると思っているのか？」

四ッ谷は冷たく志遠を睨んで、淡々とした口調で言う。志遠は真っ向から彼に向き合い、その凶悪な目を見返した。

「四ッ谷さん。私は、納得したいんです。騙されていたとわかったからこそ、知りたい。二階堂は、何者なんですか？」

じっと四ッ谷を見つめる。彼もまた、黙って志遠を見た。

沈黙の時間はどれくらいだっただろう。志遠と四ッ谷以外、なにもないがらんどうの部屋の中、四ッ谷がようやく口を開いた。

「ま、そんな現場を見てしまったのなら、隠していてもしょうがないな。お前、さすがにもう二階堂を切るつもりだろ」

「はい」

「バカなほどに人がよくて、我慢強い。そんな月海にも堪忍袋の緒が切れる時があるんだな」

くっ、と四ッ谷は少しだけ笑った。

そしてポケットから煙草の箱を取り出して、一本抜き取る。

火をつけて、ふぅと軽く紫煙を吐いた。

「あいつはな、いわゆる結婚詐欺師だよ」

「……詐欺師？」

まさかそんな言葉が出てくるとは思わなかったから、志遠は驚いてしまった。

四ッ谷は窓をカラリと開けて、外に向かって煙草を吸う。

「言葉巧みに女を誘って、結婚ちらつかせて、人材屋に紹介するのが仕事だ。元々あいつは友達とやらの保証人にもなっていなければ、借金だって、一円たりともしていない」

「保証人も、借金も、嘘……？」

声が震えている。二階堂は志遠に嘘をついていたのか。いや、出会った最初から彼は嘘つきだったのだ。志遠に愛情なんてひとつもないのに、ただ、志遠を利用するために近づいた。同情を誘うために保証人の話をした。

「あいつと取り引きしている人材屋と俺は知り合いでね。月海の情報は、そいつから聞いた。事務仕事ができて真面目そうで気が弱そうなところが気に入ったから、俺の会社にくれって頼んだんだ」

四ッ谷はチラと志遠を見て、口の端を上げて意地悪そうに笑う。

「安月給でこき使っても文句を言わない気の弱さ。それでいて、与えられた仕事はしっかりやる真面目さ。めんどくせえ事務仕事をやってくれる手際の良さ。お前は優良物件だったな」

「それってもしかしなくても、皮肉ですよね」

志遠がジト目で言うと、四ッ谷はクックッと肩をふるわせて笑った。正解らしい。

「その人材屋に登録している会社は、マトモな派遣会社では登録を断られるほどのブラック揃いだ。そんなクズ会社に人材を斡旋《あっせん》するため、二階堂みたいなクズを利用しているのさ。職場は俺んとこみたいな興信所やら劣悪な環境の工事現場やら風俗やら、多種多様だ」

ふぅ、と外に向けて紫煙を吐き、二階堂は窓枠に肘をつく。

「二階堂は、人材屋から仲介料をもらって生活している。あいつに騙されて、ひでえ職場に売り飛ばされた女は、数多くいる」

「そ、そんな」

自分以外にも被害者がいるのだ。今日、二階堂と会話していたリカという女性も、新たな被害者になるのだろう。

二階堂智則。なんて男だ。

単に保証人として借金の肩代わりをしているだけだと思っていた。なかなか完済できなくて、言い訳ばかりで、仕事が長続きできない人間なのだと。

しかし現実は違った。彼は同情を誘い、結婚をちらつかせて女を騙しては、ブラック企業に仲介する、とんでもない結婚詐欺師だったのだ。

わなわなと震える志遠を余所《よそ》に、四ッ谷は涼しい顔をして煙草を吸っている。

「お前のことは、最初はボロボロになるまで使い倒してやろうと考えていた。人なんて使い捨てるものだと思っていたからな」

非情なことを口にして、四ッ谷は煙草を壁に押しつけて火を消す。

「でも、月海は……予想外に根性があったというか。打たれ強いし、絶望して無気力にもならない。一人前に俺に意見するし、最近は説教までしやがる。だからかな」

吸い殻を携帯灰皿に入れたあと、窓を背に志遠を見つめた。

「興が削がれた。お前はいじめがいのない女だ」

「……は？」

「月海をいびるのも飽きたし、仕事自体もつまらなくなったから、事務所は閉めることにしたんだ。会社を用意してくれた世話人には、貯め込んだ金をたんまり払ったし、俺もようやくめんどくさいしがらみから解放される」

肩の荷が下りたとばかりに、四ッ谷は気の抜けた顔をした。そして窓を閉めると、ゆっくりした歩みで志遠に近づく。

ズボンのポケットに両手を突っ込んで、ニヤリと笑った。

「良かったな。俺から逃げられて」

「……四ッ谷さん」

「明日からは来なくていいぞ。俺もいないし、事務所の契約自体、今日が最後なんだ。片づけも済ませたから、ここにはもうなにもない」

四ッ谷は片手を出して、シッシッと動物を追い払うような仕草をする。

「ほら、出て行けよ。心配しなくても、十二月分の給料は振り込んである。月海なら、どんな会社でもうまくやっていくだろうさ。こんなクズ会社でもやってこられたんだからな」

そう言って、四ッ谷は半ば無理矢理、志遠を事務所から追い出した。

さようならも、お元気での言葉もない。

ただ、ガチャンと事務所の扉を閉める。それだけで、志遠と四ッ谷の関係は幕を閉じた。

ぼんやりと、繁華街の大通りを歩く。

夕方の時刻が近づくと、街のあちこちでライトが点灯した。色とりどりのイルミネーションが街を彩り、雰囲気は一気にクリスマスカラーに染められる。

街を歩く人たちも、心なしか嬉しそうだ。しかし、志遠の心は沈んでいた。

出て行けと言った四ッ谷は、なぜか穏やかに笑っていた。もう二度と会えないのに、そのことを喜ぶような、晴れ晴れとした顔だった。

なぜか、寂しいという感情が湧き上がる。

どうして？　志遠は自分の心に問いかけた。

二階堂はもはやどうでもいい。あんな男と繋がっているのが嫌になった志遠は、即刻二階堂の電話番号を着信拒否にして、メールもメッセージアプリも一方的にブロックした。

志遠はようやく自由になれたのだ。

解放である。志遠は逃げる選択を取らず、耐えきったのだ。手放しで喜んでいい。もうあの事務所で働かなくていい。四ッ谷本人から解雇されたのだし、十二月分の給料は振り込んであるという。

新しい会社に転職するにしても、すぐというわけにはいかない。転職活動はそれなりにお金もかかる。だから、手元にお金が残るのは大変助かるのだ。

次はまともな会社に就職して、地獄のようなこの二年間のことは忘れよう。四ッ谷のことも記憶から消し去ろう。

今度こそ幸せな人生を摑んでやるのだ。過去なんて振り返っている場合ではない。すぐにでも行動しなければ。

そう、頭では考えているのに、なぜか心がついて行かない。

窓を開けて遠くを見つめていた四ッ谷の姿が、脳裏にちらつく。

彼が突然事務所を閉めたのには、なにか理由があるのではないか。

昨日、耶麻子が見せてくれた浄玻璃鏡の映像。あれと関係するのではないだろうか。

(四ッ谷さんはいったい、裏でなにをしているの？)

疑問が疑問を呼び、志遠はあてもなく繁華街を歩く。

そして行き着いたのは――飲み屋通りだった。赤い提灯が目立つ『地獄の沙汰』の前。

どうしてこんな所に来てしまったのだろう。いや、一応顔を出して、今回の顚末を話しておくべきだろうか。

志遠が店の前でまごまご悩んでいると、唐突に扉が開いた。

「ひゃっ!?」

「おや、こんな所でどうしました、志遠」

出てきたのは、響鬼だ。相変わらずの無表情だが、手には竹箒《たけぼうき》を持っている。開店前に、店の前を掃除しようと出てきたのだろう。

「響鬼さん、その、実は……」

話してどうなるものでもないと思いつつ、志遠は自分の身に起こった出来事を話した。

響鬼は黙って聞き、志遠が話し終えると「なるほど」と頷く。

「とうとう、四ッ谷が行動に出たようですね。きっと、『彼』も動くでしょう」

「彼？」

志遠が首を傾げた時、響鬼のうしろにあった店の引き戸がシターンと勢いよく開いた。

「話は聞かせてもらったぞー!!」

現れたのはおなじみ耶麻子である。今日はいつもの小学生バージョンだ。

「オッハー、志遠！」

元気よく手を上げて挨拶する耶麻子に、志遠は脱力感を覚えながら返した。

「こんにちは、耶麻子ちゃん。どうでもいいけど、オッハーは古いですよ」

「なんだと!? 今のトレンド挨拶を調べ直さなければ。それよりも志遠、どうやら事態が急激に動き始めたようだぞ。わたくしたちも急がなければならん」

耶麻子は片手をうしろに向けて突き出した。すると、店の中に控えていた司録と司命が、耶麻子に荷物を渡す。

「……とうとう、これを使う時が、きた、ノカ」

「できれば使わずにすませたかったが、仕方がないのだろうな」

司命の次に、司録が話す。そしてふたりは大柄な身体をかがめて、のれんの下から顔を出して手を上げた。

「こんにちは、志遠。すまないが、もう少し主につきあってほしい」

「司録さん。はい、いいですけど……つきあって、なにをですか？」

志遠は、耶麻子が受け取った荷物を見た。布に包まれているから中がなにかはわからないが、まるで木刀のようだ。その長さは、耶麻子の背よりもある。

「もちろん悪人退治よ。いや、退治とは違うな。悪人退散、か」

「意味がわからないです」

「すぐにわかる！　とにかく志遠、まずは四ッ谷の行方を知らねばならん」

耶麻子は真剣な顔をして、ズイと志遠に小さな身体を近づけた。

「よいか。昨晩、浄玻璃鏡が映し出した四ッ谷の行いは『善行』であったのだ。しかし、それをすることによって、真に地獄へ堕とされるべき人間が、さらに悪行を重ねる事態に陥ってしまった。わたくしたちは、その悪行を止めなければならない」

志遠は昨日見た映像を思い出す。数々の女性の夜逃げを手伝う四ッ谷。あれが善行なのだとしたら、彼はなにから彼女らを救ったのだろう？

（もしかして……）

志遠は、ひとつの推論を思いつく。

「志遠。地獄に堕ちる者は二種類にわかれる。引き返せたはずの者と、引き返せぬ者だ。ほとんどの人間は引き返せたはずの者であり、志遠も四ッ谷も、善行を重ねれば必ず極楽に行けるだろう。……だが」

ぎゅ、と長物を摑む手に力を込め、耶麻子は飲み屋通りの向こうを見た。そのまま空を仰いで、ずっと遠くを見つめる。

「なにをやっても、もう、取り返しのつかない人間がいる。地獄の中で最も罪深いとされる罪。殺生、盗み、邪淫《じゃいん》、飲酒、妄語、邪険、犯持戒人《はんじかいじん》。これらの悪行を犯した者は、どんな善行をしても極楽には導けない。地獄に堕とすしかないのだ」

耶麻子は空を見るのをやめて、俯いた。地面を……いや、もっと底にある彼女の故郷、地獄を見ているのかもしれない。

「わたくしは、どうしようもない人間が取り返しのつかない大罪を犯す前に、引き返す道を示したい。そんな人間が多すぎるから、止めたいのだ」

成敗するのが目的ではない。悪人を地獄に突き落としたいのではない。彼女は最初から言っていた。

耶麻子は、人間の地獄行きを止めたいのだ。

悪いことをしても、取り返しがつくうちに善行を積ませたい。そのために、彼女は。

「この現世の人間は、あまりに気軽に、罪を犯しすぎる」

寂しそうな耶麻子の声は、冬の風に乗って消えていく。

志遠はようやく確信に至った。

鏡に映る、四ッ谷がしていたことが『善行』だったのなら、逆に『悪行』をしていたのは。

――きっと、二階堂智則。彼に他ならないのだと。

第五章　示せ。たったひと筋の救いの道

スマートフォンを操作し、アドレス帳を開くと、四ッ谷の電話番号があった。

彼からの電話は必ず呼び出しだった。休日、深夜、早朝。就業時間なんて彼には関係なく、用事があればすぐに呼び出された。

だから志遠にとって四ッ谷の電話番号は、憂鬱の種でしかなかった。

自分から四ッ谷に電話をかけたことはない。一度として、そんな機会は訪れないと思っていた。

そんな四ッ谷の電話番号。志遠は初めて、通話ボタンを押した。

しばらく呼び出し音が鳴って、電話が繋がる。

『なんだ』

四ッ谷の無愛想な声がした。その声を聞いて、志遠はなぜか安堵した。こんなにもぶっきらぼうで、愛想は皆無なのに、不思議だ。

「四ッ谷さん。今、どこにいるんですか？」

『はあ？』

「教えてください。話があるんです」

志遠は必死に言いつのる。四ッ谷は電話口でしばらく黙った。

やがて、感情の載らない冷たい声が志遠の耳に届く。

『月海に教える義理はない。俺とお前はもう他人だからな、関係ねえだろ』

「そんな」

『他に用事がないなら切る。じゃあな』

——まもなく——が、まいります。お足元にご注意を——

——ファン。ゴトゴトゴト……。

そんな音を背景に、四ッ谷が電話を切る。無音になってしまったスマートフォンを片手に、志遠はその場で立ち尽くした。

「どうだった？」

赤い布に包まれた長物を手に、耶麻子がうしろから訊ねる。

志遠は勢いよく振り返った。

「駅です！　四ッ谷さんに事務所を追い出されてからそう時間は経っていないから、きっとこの街から一番近い駅です」

四ッ谷が電話を切る寸前に聞こえたもの。あれは電車の到着を知らせるアナウンスと、警笛と電車が線路を走る音だ。しかもその音はくぐもっていて、少し壁のようなものに反響している感じだった。地下鉄だ。

「それでは急ぎましょう」

響鬼が走り出す。足の速い彼を追いかけるように、志遠と耶麻子は全速力だ。

その時、ふわっと鼻に冷たいものを感じる。空を見上げると、雪がちらちら舞っていた。

志遠は走りながら、考える。

二階堂智則。志遠の恋人だったが、正体は結婚詐欺師。

まともな派遣会社が出入り禁止にするような、ブラック企業が登録している人材屋から仲介料を得るため、多くの女性を騙している。

今日、カフェで聞いた話を思い出せばわかる。彼はターゲットにした女全員に、同じ話をして結婚をチラつかせながら同情を誘い、ブラック企業に斡旋している。

そして、浄玻璃鏡で見た、四ッ谷の行動だ。

耶麻子たちはあれを『善行』だと言った。鏡の中でも、女性たちは四ッ谷に感謝していた。つまり四ッ谷は二階堂が騙した女を助けていたのだ。夜逃げの手伝いをして、時には役所で改名手続きもして、二階堂の手の届かない遠い地へと逃がし続けた。

しかし、そんなことをされたら、もちろん二階堂は気づく。だから今、四ッ谷の身には危険が迫っているかもしれないのだ。

(それにしても、どうして四ッ谷さんは、女性たちを助けていたんだろう)

はっはっと、走る度に白い息が上がる。駅までもう少し。

(考えもつかない。私には最初から厳しかったし、休日の呼び出しなんて当たり前。血も涙もなく私をこき使ってた。あんな人が実は優しい人でした、なんて信じない)

四ッ谷にボランティア精神があるなんて考えられない。決して、善人ではない。

それは二年間彼と仕事をしていた志遠が一番よく理解している。そんな四ッ谷がどうして、裏では二階堂に騙された女たちを助けていたのか。

志遠はふと、四ッ谷の言葉を思い出した。初めて彼が自分のことを話した、あの時のことだ。

田舎に住んでる妹だけは、平穏でつまらねえと思うくらい幸せな人生を送ってほしいんだ。間違っても、こちら側には来てほしくない。

彼が唯一、身を案じていた女性といえば、彼女だ。四ッ谷の妹。田舎で、親戚に預けられているという。

(もしかして、妹さんがこの街に来た？　そして二階堂に目をつけられて……)

まさか、そんな。

けれども、ありえない話ではない。

それ以外に四ッ谷が動く理由が思いつかなかった。

街に一番近い地下鉄の駅。真っ先に響鬼が階段を降りて、耶麻子が二段飛びで続く。志遠はこけないように注意しながら駆け下りる。

いずれにせよ、この先に答えがあるはずだ。

志遠たちは駅のホームに入った。ホームとひと言で言ってもそれなりに広い。さっき四ッ谷に電話した時から、時間は十分ほど経っている。

果たして、まだこのホームにいるだろうか。

それとも最初から志遠が勘違いをしていて、まったく別の駅にいる可能性だってないとは言えない。

一抹の不安を胸に抱きながら、志遠はあたりをきょろきょろ見回した。

「いた！　あそこよ」

めざとい耶麻子が指を差す。ホームの壁側。ベンチや自動販売機が設置されている。その傍に、四ッ谷と二階堂の姿があった。そして――

(あの人は)

見覚えのある女性が、四ッ谷の隣にいる。それは昼に二階堂が連れて歩いていた女性だった。彼女の傍には、大きなキャリーバッグが置かれている。

(確か、あの人はリカって呼ばれていた。四ッ谷さんは今、あの子を助けているんだわ)

しかし二階堂に見つかってしまった。

いや、四ッ谷は以前から複数の女性を助けていたから、二階堂はずっと疑っていたのかもしれない。そして、ようやく今回、四ッ谷を捕まえることができたということだろうか。

「今、我々が出て行っては場が混乱するかもしれません。少し様子を見ましょう」

前を走っていた響鬼が急に足を止めて、ササッと近くの物陰に隠れる。

行動のすばやい人だ。志遠は感心しながら彼のうしろに続いた。耶麻子は志遠の背後に回って、そっと顔を出す。

「うむ、何事もタイミングが大事ジャン」

「耶麻子ちゃん、余裕だね……」

志遠は、段々耶麻子の妙な口調の傾向がわかってきた。彼女は焦ったり必死になったり、心の余裕がなくなると、一気に言葉使いが元に戻るのだ。しかし少しでも調子を取り戻したら、意識してギャルになろうとする。

(別にギャルになる必要はないと思うけどなあ)

普段の耶麻子でもいいじゃないかと志遠は思うが、ああ見えて彼女にもいろいろこだわりがあるのかもしれない。

それはともかくと、志遠は響鬼や耶麻子と一緒に耳をそばだて、四ッ谷たちの様子を窺う。

二階堂は人の良さそうな笑顔を見せていた。四ッ谷はうしろ姿なので表情がわからないが、彼のことだからいつもの不機嫌顔なのだろう。彼の隣にいるリカという女性は不安そうにふたりの男を見比べていた。

ホームには志遠たち以外にもたくさんの乗客がいてごった返している。人々は四ッ谷たちを興味深そうに見て、あるいは無関心に目も向けず、通り過ぎていく。

「なあ、リカ。僕を見捨てないでくれよ。僕には、君だけが頼りなんだ」

「智則さん……」

どうやら二階堂は、リカを説得しようとしているようだ。猫撫で声で、懇願している。

「こんな男、どう見ても信用できないだろ。騙されているんだよ」

リカは隣に立つ四ッ谷を見上げた。

四ッ谷はお世辞にも人相がいいとはいえない。ひとつふたつ悪いことをしていても、まったく不思議ではない顔だ。志遠も、四ッ谷をよく知らない頃は彼が怖くて仕方なかった。絶対、まっとうな人生を歩んでいるようには見えなかったし、悪質なやからとつるんでいる、信頼からはほど遠い人間だと思っていた。

「そうだ。もしかして、風俗で働くのが嫌だったのかな？」

「そ、それは……うん」

どうやらリカが逃げ出す決意をしたのは、ナイトワークをしたくなかったというのが大きな理由だったようだ。すると、二階堂はニッコリ微笑む。

「それなら、違うところにしてもらうよ。金融会社の人も鬼じゃないから、それくらいの融通はしてくれる。簡単な事務とかで務まるようなところでさ……」

「そういえば、俺の事務所にも『簡単な事務仕事をするだけだ』と言って、月海を斡旋したんだったな」

ふたりの会話に、四ッ谷が割り込む。二階堂が一瞬、嫌な顔をした。

「結果、月海は早朝から深夜まで安月給で働かされた。休日もあってないようなもの。しかも事務だけでいいなんて嘘で、彼女にはしっかり調査員としても働いてもらった。胸くそ悪い仕事も後味の悪い仕事も容赦なくさせたよ。――すっかり、顔つきが変わったな」

は、と鼻で嗤う四ッ谷。

志遠はぎゅっと拳を握りしめる。

（わ、私、そんなに顔つき、変わってない……よね？）

毎日鏡を見ている。頬はこけて、目の下には慢性的なクマができるようになったけれど、彼が言うほど変貌はしていないはずだ。……していないと、思いたい。

二階堂がヘラッと笑う。その唇の端は引きつっている。

「志遠を地獄に突き堕とした張本人が、なにを言っているんだか〜」

「そうだな。月海をそんな風にしたのは間違いなく俺だ。でも、お前は俺みたいなクズ野郎が経営している会社にリカを送るんだろ。風俗よりまし？　そんなことはない。きっと、風俗のほうがましなところだ」

「お前……っ」

四ッ谷の言葉を聞いて、二階堂の表情が変わった。図星だったのかもしれない。

リカが二階堂の顔を見て「ヒッ」と息を呑む。

「ああ、違うよリカ。今のは、余計なこと……じゃなくて、あることないこと言う四ッ谷に怒っただけさ。そんなわけないじゃないか。僕が言うのもなんだけど、いい職場だよ。みんないい人だし、社長も優しいし」

「まともな会社が、女を借金返済のカタに雇うわけねえだろ」

「お前は黙れ！　僕はリカと話しているんだ！」

二階堂が癇癪を起こしたように怒鳴る。

そんな彼の姿を見つめていたリカは、ふいに、四ッ谷のコートの袖をギュッと握った。

「……私も、この人は怖いよ。でもこの人の話を聞いて、智則さんは間違っていると思ったの。たしかに、借金のカタに人質を取る金融業者なんて、普通じゃないよ」

志遠も心の底から頷く。自分も薄々それは感じていた。なのに自分は彼の言葉に従ってしまった。その時は二階堂が好きだったから。彼を助けたかったから。……つらいことを我慢したら、結婚できると思ったから。

リカもはじめはそんな気持ちを持っていたのだろう。けれども、四ッ谷が説得したのだ。二階堂がリカを見て、悔しそうに唇を嚙む。リカは、決意したように顔を上げた。

「それに私、信じたい。今まで他人のように生きてきた人でも、それでも、この人はお兄さんだから」

四ッ谷の袖を摑む手は震えている。まだ、迷いはあるのだろう。

(でも、そうか。やっぱり……そうなんだ)

四ッ谷はリカを助けたかったのだ。彼が中学生の時、親戚に預けていった唯一の妹を。田舎に住んでいるはずの彼女が、どうして都会に来たのかはわからない。

けれども、彼女は二階堂に捕まってしまった。だから四ッ谷は動いたのだ。きっと妹が二階堂に出会うことなく幸せに暮らしていたら、ふたりが再会することはなかっただろう。

「ふぅん……お兄さんね。小学生の頃から大人になるまで、リカはずーっと意地悪な親戚にいじめられて、我慢して暮らしてきたんだろ？　それなのに、てめえだけとんずらした薄情な兄を信じるんだな。僕よりも」

「そ、それは……っ！」

どうやらリカの生活環境は、志遠が想像していたよりもずっと過酷なものだったらしい。親がＤＶ。親戚は意地悪。逃げ場がなかったリカは、相当苦労したのだろう。

兄を信じたい気持ちと、自分を親戚の家に置き去りにした兄を許せない気持ち。

彼女はふたつの気持ちの間で揺れている。

「……ふむ、タイミング的には今だな。行くぞ！」

そう言うや否や、突然志遠のうしろにいた耶麻子が走り出した。

「えっ!?」

いきなりだったので、志遠は戸惑う。響鬼は無表情のまま耶麻子のあとに続いた。

「ああ、もう。耶麻子ちゃんはいろいろいきなりすぎるよ！」

動く前にひと言説明しろと言いたい。彼女はいつだって行動が唐突だ。

「待て待て待て〜い！　そこの悪人、ここになおれっ！」

「どこの時代劇よ」

思わず志遠は小声で突っ込みを入れてしまった。

「なんだテメー、って、志遠!?」

耶麻子を睨み付けていた二階堂が驚いたように志遠を見る。

「月海。来るなっつったのに来んじゃねーよ」

四ッ谷が思いっきり顔を不機嫌に顰める。志遠は負けじと彼を睨んだ。

「四ッ谷さんは人間的にどうかと思うほど嫌いですけど、ピンチってわかっていて放っておけるほど、私は薄情な人間じゃないですよ」

憤然と腰に手を当てて言うと、四ッ谷が目を丸くして、驚いた顔をした。

「妹さんが、クズ男の自分をイマイチ信用してくれないから、困っているんでしょう？」

「お前めちゃくちゃズバッと言ったな、今！」

「言いますよ。リカさんといいましたね。私の話を聞いて下さい。実は私も、二階堂に騙された被害者なんです」

同じ男に騙された女。それなら信じてくれるかもしれない。志遠が真剣な顔で話し始めると、リカは「ええっ」と驚愕の表情になった。

「二年間、ブラック企業で働かされました。二階堂は最初、半年だけだ、簡単な事務仕事だと言ったのに、全然そんなことはなかった。結婚の約束もしていましたが、二階堂の私への態度は日に日に淡泊になっていきました」

リカの表情が青ざめる。自分とまったく同じことを、志遠も言われていた。その事実を知って急に怖くなったのだろう。

志遠はさらにたたみかけた。

「それに、二階堂の言ったことは保証人の件も含めて全部嘘だったんです。この人は誰も愛していない。結婚をチラつかせながら同情を誘い、騙した女をブラック企業に斡旋して、仲介料を得るのが目的の、結婚詐欺師だったんです！」

ビシッと二階堂を指さして、志遠は断言した。

周りの空気が凍り付く。リカは、四ッ谷の袖を摑んだまま、唇を震わせた。

「はっ」

ふいに、気の抜けた笑い声が聞こえた。二階堂が両手をコートのポケットに突っ込み、なにがおかしいのか、笑い続ける。

「てめえの『支払い』は、もう終わってるんだよ。しゃしゃり出てくるな、バカ女」

支払いとは、志遠を四ッ谷の事務所に売ったことで得た『仲介料』のことだろう。

ようやく本性を出した二階堂に、志遠はぎゅっと唇を引き締める。

「ひとつだけ聞かせて。私はどうしても、あなたの口で答えてほしいことがある」

彼に騙されたと知った時から、ずっと訊ねたかったことだ。

これが最後の機会かもしれない。だから志遠は、自分が傷つくとわかっていても、訊かずにいられなかった。

「全部、最初からだったの？」

「あ？」

二階堂の本性は、四ッ谷に負けず劣らずクズだった。悪質な人材屋の仲介をしていた男だ。志遠に見せていた人のいい顔など、擬態に過ぎないのだろう。

志遠は思い出す。二階堂と出会った日を。そして、彼と恋人として過ごした幸せな日々を。

出会いは大学時代。同じゼミで仲良くなった。志遠の新卒採用の内定が決まった頃、二階堂から告白されて、ふたりは付き合い始めた。

喧嘩をしたことなど一度もなくて、二階堂と話すのが楽しくて仕方なかった。彼はいろいろなところに志遠を連れて行き、たくさんの思い出をふたりで作った。

やがて結婚を意識するようになるのは自然なことだった。この人となら幸せになれる。そう思えるほど、彼は完璧に志遠の恋人だった。確かな愛情を感じていた。疑う余地はひとつもなかった。

だからこそ、志遠は信じたのだ。彼の保証人の話を。助けたいと心から思った。

……そして、騙された。

「大学のゼミで、あなたは私に声をかけた。とても些細なことだった。ゼミで私が飲んでいた、期間限定のコーヒードリンクを『それ、おいしい？』と訊ねたのがきっかけよ」

目を閉じて、過去の優しい思い出に決別する。再び目を開くと、初めて出会った時の爽やかな笑顔とはほど遠い、志遠を嘲笑している酷薄な二階堂が目の前にいた。

「あなたは、最初から私を騙すつもりで、あの日、声をかけたの？」

「そうに決まってるだろ。じゃなきゃ、お前みたいな地味女に声かけねえよ」

冷たい冷たい言葉の剣が、ぐさりと志遠の胸を突き刺す。

ほら、やっぱり傷ついた。

それでも訊かずにはいられなかった。確信したかった。自分はこの人に騙されたのだと、完膚《かんぷ》なきまでに打ちのめされたかったのかもしれない。

「男は単純って聞いたことがあるけど、女もそうだよな。ちょっと優しくして、欲しがってる言葉をかけてやれば、コロッと騙される。ほんとちょろいもんだよ」

ハハハ、と二階堂が笑い声を上げた。

「お前なんか単なるメシの種だ。それ以上でもそれ以下でもない。四ッ谷んとこに売り飛ばして仲介料がもらえた時点で、お前の価値はゼロだ」

拳を、ぐっと握る。

唇を、ぎゅっと噛む。

「志遠」

傍にいた耶麻子が、耐えろと言わんばかりに志遠の名を呼んだ。だが、二階堂はさらに志遠を煽るように、嘲笑し続ける。

「ああ、それなのにお前は毎日のように連絡してきてウザかったな。お前ほどしつこい女はいなかった。たいてい一年もたてば普通は騙されたと悟って連絡してこなくなるのにさ、志遠はバカみたいに何度も連絡してきやがった。僕も忙しいってのに何度も何度も」

「……っ、あんたに早く、借金返してもらいたかったからよ。なにがバカよ。バカはそっちだ、バカ！」

ぶちっとキレてしまった。堪忍袋の緒があっけなくちぎれる。

志遠は勢いよく二階堂に近づくと、思いきり手を振り上げて、彼の頰を叩く。

気づけば手が勝手に出ていた。自分も四ッ谷と同じだ。唐突に湧き上がった衝動というのは、なかなか自制できないものらしい。

パン、と乾いた音が辺りに響いた。さすがに周りにいた人たちが立ち止まり、志遠たちの剣幕に目を向ける。

「女を利用して金を稼いでいるくせに、女を見下しているあなたは最低な人間よ。あなたに対する愛情なんてこれっぽっちも残っていないわ。地獄に堕ちろ、女の敵！」

志遠は強い眼差しで、はっきり啖呵を切る。

くっくっと、低い笑い声が聞こえた。それは四ッ谷だった。

「うちに入社してきた時は、気弱が服着たようなヤツだったのに、ずいぶんふてぶてしくなったもんだなあ」

「なにを感心しているんですか。四ッ谷さんのところがあまりにブラックだったせいですよ」

「そうだなー。まったくそのとおりで、ぐうの音も出ねえわ」

なにがおかしいのか、四ッ谷が楽しそうに笑っている。こんな風に笑う四ッ谷はとても珍しい。

「あー、盛り上がってるところ悪いケド、地獄に堕ちてもらっては困るのよ。もう地獄は満杯なのだと言っているでしょーが」

それまでずっとその場を黙って見守っていた耶麻子がズイと前に出る。彼女の隣には、無表情の響鬼が静かに立った。

「なんだてめえ」

「鬼野郎！　お前なんでこんなところにいるんだよ」

凄む二階堂と、驚く四ッ谷。隣ではリカが戸惑いの表情を浮かべている。

「実はずっとうしろで待機していましたが、四ッ谷は少しも私の存在に気づかなかったようですね。前しか見ることのできない猪突猛進さはいつもどおりのようで、安心しました」

「お前のイヤミも相変わらずだな。安心というか、腹が立つけどな」

怒りの雰囲気を滲ませているのに笑顔を見せる四ッ谷が怖い。だが、響鬼はまったく動じることなく、まっすぐに四ッ谷を見つめた。

「主の浄玻璃鏡は、あなたの行動をすべて見通しました。妹が突然家出したと親戚からの連絡を受けたあなたは、仕事の傍ら、ずっと妹のリカさんを捜していたのですね」

淡々とした響鬼の指摘に、四ッ谷がたじろぐ。どうしてそんなことを知っていると言わんばかりだ。しかし果たして、現実主義者の四ッ谷があの鏡の存在を信じるだろうか。

「やがて四ッ谷は、リカさんが二階堂と関係しているかもしれないというところまで突き止めました。そして、リカさんの情報を探るために、二階堂が取り引きしている人材派遣会社に登録したのですよ」

「そ、そうだったんですか!?」

　志遠は驚く。ということは、自分が四ッ谷の事務所に入る前から、彼は二階堂が結婚詐欺師に違いないと疑っていたということだ。

「ひ、酷いです。ひと言そうだと言ってくれたら、私、すぐにでも逃げたのに」

「俺んとこみたいな場末の事務所には誰も面接なんかこねえし、マトモな派遣会社から来たやつはすぐに逃げるんだ。うちも慢性的な人手不足だったんだよ」

「だからって、私が騙されているとわかっていてこき使うなんて酷いです。悪辣悪魔！強欲！　人間の敵！　タンスの角に小指をぶつけて痛い目に遭ったらいいのに！」

「うるせーうるせー！」

　ぎゃあぎゃあと騒ぐ志遠と四ッ谷に、響鬼が無表情で「えー、おほんおほん」とわざとらしく咳払いをして、場を落ち着かせた。

「仲が良いのは結構ですが、私の話を聞いてください」

「仲良くない！」

　志遠と四ッ谷が同時に抗議の声を上げる。息はピッタリである。

「とにかく、四ッ谷はリカさんに辿り着くまで、二階堂が人材派遣会社に斡旋した女の情報をしらみつぶしに調べていました。そしてひとりひとり確認しては、騙された女性を助けていたのです。そうでしょう？　四ッ谷」

　響鬼の静かな問いかけに、四ッ谷は決まり悪そうに頭を掻く。

「結果的に助けざるを得なかっただけだ。確認しにいって、リカじゃねえからさようなら、なんてことはさすがにできねえだろ。仕方なくだよ」

善行を積んだなどと、本人はまったく思っていないらしい。すると耶麻子が「ふん」と鼻を鳴らした。

「善行を意識しようとも、せずとも、相手が感謝している。それは善き行いに他ならないのよ。おぬしは間違いなく、不幸な女たちに救いの手を差し伸べたのだ」

「わたくしいいこと言った！」と言わんばかりの雰囲気を出す耶麻子を、四ッ谷がじろじろ見る。

「なんだこいつ」

実は昨日、『地獄の沙汰』で接客した着物美人の正体です、とは、言いにくい。言ったら事態が混乱しそうな気がする。志遠は唇を引き締めて黙り込んだ。

耶麻子はニヤリと勝ち気な笑みを浮かべて、四ッ谷と二階堂を交互に見上げた。

「よくぞ聞いてくれた。わたくしは閻魔大王。そなたら人間の罪を裁き、極楽か地獄か行先を見極める黄泉の世界の審判者だ」

「はぁ～、エンマダイオウ？」

二階堂が心底バカにしたように言う。ついでに頭を指で差してクルクル回した。

「頭いかれてるのか、このガキ」

「真実を言っておるのに、現世の人間はなかなか信じないなあ。人間、素直が一番だぞ。

お天道様もわたくしも、常に見ているのだ。心せよ」

腰に手を当てて憤然と言っているが、はたから見れば、小さな女の子がしたり顔で大人に説教しているようにしか見えない。

少なくとも二階堂は端から信じていないようだ。耶麻子を無視して、四ッ谷に顔を向ける。

「お前が僕の女を片っ端から逃がしやがったせいで、僕は人材屋の胴元に睨まれてるんだよ。しまいには、僕が女をそそのかして逃がしてるんじゃねえかと疑われた。ここでリカを取られたらいよいよ立場がなくなるんだ」

どうやら二階堂の立場はだいぶ危機的な状況にあるらしい。

四ッ谷は「はっ」と軽く笑い飛ばした。

「自業自得だろ、結婚詐欺師。これを機会に足を洗えばいいんじゃねえか」

「黙れよ。お前が余計なことをしやがるから！」

二階堂がコートのポケットから勢いよく手を出す。その右手には、ぎらりと切っ先の光るナイフがあった。

キャーッ!!

まわりにいた女性が驚いて叫ぶ。二階堂は「うるせえ！」と叫んで、その場でナイフを振り回した。野次馬が蜘蛛の子を散らすように逃げていく。

「四ッ谷。こうなったらてめえを痛めつけて、胴元に突き出すしかない。そうすりゃ胴元は僕を信用するし、これからも僕はボロい商売でやっていける。すべて元どおりだ」

地下鉄のホームは水を打ったように静まった。ほどなく警察が来るだろうが、今は志遠たち以外、誰もいない。

「正気か？　当たり所が悪かったら死ぬぞ、それ」

四ッ谷がナイフを睨み付ける。すると、二階堂は焦点の合っていない目でケタケタと笑った。

「別にいいだろ。僕の邪魔をするやつはみんな死ねばいい。お前なんか、死んだところで誰も悲しまないし、丁度いい」

二階堂は気分が高揚しているのか、言動がおかしい。刃物を振り回しながら、理性を失ったように笑っている。

すると「ふぅ」と小さなため息が聞こえた。

「おぬしはやはり、とり返しがつかないところまで行ってしまったようだな」

静かに言葉を紡ぐのは、耶麻子だ。彼女は手に持っていた長物の包みを静かに解く。響鬼が黙って包み布を受け取り、耶麻子はずっと携えていた物の正体を露わにした。

それは刀だった。赤黒い鞘《さや》に、金色の柄と鍔《つば》。耶麻子は音もなく鞘から刃を抜き放つ。

しゃらん。

清廉な鈴のような音がした。

それがあまりに美しいせいか、刃の鋭さで言えば、二階堂が手に持つナイフもひけをとらないのに、ひどく貧相なものに見えてしまう。

志遠は黙り込んだ。四ッ谷も二階堂も、まるで刀に魅入られたように動かない。

「邪淫に邪見、妄語。それだけでもおぬしは地獄に堕ちる条件を満たしているというのに、おのが保身のため、殺生にまで走ろうとしている。——二階堂、智則」

耶麻子の言葉は荘厳で、重厚さに満ち、普段とまったく声色が違った。ガキだのなんだのと罵倒していた四ッ谷も、軽口を叩けずにいる。

「おぬしは、救い難い人間だ。このままでは間違いなく地獄に堕ちるだろう」

静かにそう言って、耶麻子は片手で軽々と刀を構える。

「だがな、それでもわたくしは、おぬしの地獄行きを止めたいのだ。おぬしのような人間を正しい道に戻すため、わたくしは現世に来たのだ。しかし……志遠はどうだ」

チラ、と耶麻子に横目で見られて、志遠は息を呑む。

「おぬしはこの男を、許せるか？」

静かな問いかけ。

二階堂智則を許せるか、許せないか。

彼は、志遠を騙して四ッ谷の会社という奈落に突き落とした。

体重はみるみる減って、常に目にくまができるほど働かされた。二年も耐えていた。

許せない。二階堂を痛めつけたい。傷つけたい。後悔させたい。謝っても許さない。

そんな薄暗い気持ちを、たしかに志遠は持っている。聖人君子になんてなれない。恨み、憎しみ、目を覆いたくなるほどの醜悪な感情を、たしかに持っている。

自分の行動をまるで反省していない男に、かけてやる情もない。

それでも――、それでもだ。

志遠は痛いほどに唇を噛む。

「本音を言うなら許せない。二階堂は私だけでなく、四ッ谷さんの妹さんや、大学の同期生、他にもたくさんの女の子を騙して、酷い職場に斡旋した。仲介料をもらって遊び暮らしていた。私だけじゃなく、みんな同じ気持ちを持つはずよ」

それは志遠の正直な気持ちだ。耶麻子は「そうであろうな」と穏やかに同意する。

「でも、私は彼の不幸を願って、本当の地獄に突き堕とすようなことはしたくない」

なぜなら、それを望むことは、二階堂と同じところに堕ちるということだからだ。

(――こんなクズにはなりたくない)

それは志遠の出した答え。悪意の入り口でギリギリ踏みとどまったなけなしの善意だった。

「こんな人でも更生できる余地があるのなら、やってみろと言いたい。ここまで堕ちた人間がどうやって引き返すのか。地獄行きを回避できるほどの善行を積めるのか。……それだけは、興味があります」

今の二階堂の地獄行きを避けるためには、彼の心には相当の改革が必要だろう。

果たして、そんなことができるのか。反省ひとつしていない二階堂の思考に、どうやって善行を積ませるきっかけが与えられるのか。

「……私、酷い人間ですよね。もう、単なる好奇心しかないんです。こんな男はどうでもいい。地獄に堕ちようと堕ちまいと関係ない。二度と関わりたくない。でも、だからといって、地獄に堕ちろと望むのは違うと思うんです」

そう口にして、志遠はやっと自分の言いたかった結論にたどり着く。

「私はこんな人のために、嫌な人間にはなりたくない」

他人の不幸を望むような人になりたくない。自分が嫌だと思う人間になりたくない。

「あなたなんか、私の知らないところで勝手に更生でもなんでもすればいいんだわ」

吐き捨てるように言ったあと、志遠は唇を引き締めた。気を許せば、一気に汚い感情が押し寄せてしまいそうだったのだ。

耶麻子は、そんな志遠を見上げて、ゆっくりと目を閉じる。

「ほんにそなたは、善人だのう」

「私、善人なんかじゃ」

「いいえ、あなたは善人ですよ。とても人間らしい善人です。聖人でも悪人でもない、俗人であるからこその答えでしょう。私は、そういう人間を最も好ましく思います」

耶麻子にすぐさま反論しようとした志遠の言葉を、響鬼がやんわり止める。

「ひ、響鬼さん」

無表情で淡々と『好ましい』と言われても、志遠は戸惑うばかりである。

耶麻子は微笑ましいというような目で志遠を見つめ、制服のポケットからいつかの手鏡を取り出した。四ッ谷や、地獄の沙汰に来た客に見せていた、浄玻璃鏡だ。

「さあ、真実を映し出すのだ。わたくしの浄玻璃鏡は、映した人間の行いをすべて見通す」

鏡は二階堂に向けられた。途端に鏡はほわりと光って、鏡面に映像が映し出される。

耶麻子はそれを見て、納得するように「なるほどな」と、頷いた。

「二階堂、この男は、女に騙されて多額の金を払わされた過去を持っているようだ。女に対する憎しみを募らせて、今度は自分が女を利用し、金を稼ごうと考えたようだな。ふむふむ、見事なまでの因果応報だ」

悪人は最初から悪人ではない。必ずどこかに、悪人になってしまうきっかけがあるのだ。

二階堂の場合は、自分が女に騙されて借金を負わされたから。

それが今の二階堂を形作る、すべての始まりだった。

「ならばその因果。わたくしの刀で断ち切ろうぞ！」

言うか言わずか。本当に耶麻子の行動は唐突だ。彼女はなんのためらいもなく、その刀の柄を両手で摑み、ばっさりと二階堂を斬った。

「うわああっ!!」

「ひゃあああっ!?」

二階堂が叫び、リカが両手で顔を覆う。志遠は悲鳴こそ上げなかったものの、驚きに目を見開いていた。

しかし、刀で斬られたにも関わらず、二階堂の身には傷ひとつついていない。

ただ、彼だけが時の中に置き去りにされたみたいに、身を守る仕草をしたまま硬直している。

そして、耶麻子が斬り放った太刀筋——二階堂の胸に入った一本の線——がきらりと光った。

瞬間、あたりは音もなく、白い世界に染められる。

皆、摩訶不思議な現象に声も上げられない。四ッ谷は驚愕の表情で辺りを見回し、リカも顔を上げて呆然としている。

『どうしてだ。わけがわからないよ。そ、その男は、誰だ！』

いきなり二階堂の声が聞こえた。志遠は思わず声がした方向を見る。だが、白い世界に二階堂の世界はない。

ガツッ、ガッ。

痛そうな音がエコーして響く。時々、二階堂が苦しそうな悲鳴を上げた。

『ごめんねぇ～』

まったく悪いと思っていなさそうな、女の軽々しい謝罪。

『オレの女に手ぇ出すとはいい度胸だな。オイ、もういいぞ』

痛そうな打音がとつぜん止まる。『がはっ』と、二階堂の咳が聞こえた。

『なあ、こいつの具合どうだった？　ああ、いろいろ聞いたぜ。お前は下手くそだってな』

『ヤダァ～、そんなことバラさないでよ～。智則くん傷ついちゃうじゃん』

ゲラゲラ、ゲラゲラ。

『人の女で楽しい思いをしたんだ。それなりの金はもらわないと割に合わないな』

『アタシ、海外旅行した～い。車も欲しいな～』

『んじゃまあ、軽く見積もって五百万かな』

『ごひゃく……!? そ、そんなの、無理だ！』

『無理じゃねえよ。自分の立場、わかってんのか？』

再び激しい打音が始まった。

『これ以上痛い目に遭いたくなければ、わかるよなあ』

『う、ウゥッ、はい、わ、わが、り、まじだ、から、もう、やべて』

すすり泣く二階堂の声。ケタケタ笑う女の声。

『騙されるほうが悪いのよ、いい社会勉強になったね～智則くん』

シャランと、鈴のような音。耶麻子が返す刀を振っていた。

『ああ――そうだ。そうだ。そうだ。愛なんて信じたほうがバカを見る。騙される』

二階堂の慟哭が、どこからともなく聞こえる。

『これが現実。くそったれな世の中なんだ。それなら、僕もくそったれになればいい』

狂ったように笑い出す。

『騙すほうが勝ちなんだ。僕は勝ち組になる。女なんか擦り切れるまで、僕が利用してやる！』

二階堂が叫んだ途端、キィンと耳鳴りがして、白い世界が一瞬にして元の地下鉄ホームに戻る。

「い、今の、は……」

志遠が慌てて二階堂を見た。しかし、彼はまだ硬直している。

「今、そなたらが見たのは、二階堂の因果のひとつだ。人の生き様を紡ぐ糸。それを因果という。人は因果によって、人生という機《はた》を織るのだ。それを今、わたくしが断ち切った」

耶麻子が静かに、刀を鞘に収める。

その時、リリリリ……と警笛が鳴った。もしかして、耶麻子が刀を取り出した瞬間から時が止まっていたのだろうか。

いつの間にかホームには電車が停まっていた。ドアが開いていて、今にも閉まろうとしている。

耶麻子は、二階堂の胸をポンと叩いた。二階堂はそれを合図にしたように、ふらふらとした足取りで、電車の中に入っていく。

ピー、と車掌が笛を鳴らして、扉が閉まった。

虚ろな目をして、ぼんやりと佇む二階堂を載せて、ゆっくりと電車が走り出す。

まるで、なにも、なかったかのように。

志遠たちは黙ってその様子を見送った。やがて電車が去ったところで、耶麻子がクルリと勢いよく振り返る。

「……ずらかるぞ」

「えっ」

「繁華街の大通りで今まで何度も『補導』されたからわかる！　わたくしの鋭いシックス

「センスが、警察の到来を告げておる！　二階堂が公衆の面前で刃物なんか振り回すからだ。愚か者めー！」

「警察は厄介ですね。とにかく事情説明が面倒くさい。無駄に時間もとられます。ずらかりましょう」

　ピューッと耶麻子が逃げていって、そのあとを響鬼が追いかけた。

「えっ、えっ」

　戸惑うのは志遠とリカ。背後から、バタバタと忙しく階段を駆け下りる音が聞こえてきた。

「やべ、マジだ。おい逃げるぞ」

　うしろを振り返った四ッ谷が慌てた声を出した。そのままリカの腕を摑んで駆け出す。

「ちょっ、ちょっと待って下さいよ！」

　志遠も走り出した。悪いことなんてひとつもしてないのに、どうして警察から逃げなければならないのだろう。そんな思いが頭の隅をよぎったが、警察に事情を説明しろと言われても、どうしたらいいかわからない。閻魔だ、地獄だ、因果を斬っただの、そんな説明をしたところで、信じてもらえる自信はひとつもなかった。

　となれば、逃げるしかない。

「まったくもう！」

今日はなんだか走ってばかりだ。志遠は思わず心の中で愚痴ってしまった。

志遠は四ッ谷を、四ッ谷は響鬼を、響鬼が耶麻子を追いかけて走っているうち、たどり着いたのは、案の定と言おうか『地獄の沙汰』だった。

「あれっ、ここは」

見覚えのある店構えに、四ッ谷が声を上げる。すると、前を走っていた響鬼が店の前で足を止め、四ッ谷を横目でチラと見た。

「とりあえず店にどうぞ。不本意ですが誠心誠意、真心こめておもてなしいたします」

「いらねえよ！」

「そんなことを言って、昨晩はお楽しみでしたのに」

指で口元を隠してボソッと呟く響鬼に、四ッ谷の顔がバッと赤くなった。

「てっ、てめ、鬼野郎！　見てたのか⁉　てめえはこの店のなんなんだよ！」

「申し遅れました。私は、地獄の沙汰の接客係です。昨晩は、酔い潰れたあなたを甲斐甲斐しく介抱しながらタクシーに乗せて、ボロアパートの中に放り込みましたね」

「俺が廊下で寝てたのはそういうことかー！」

「いやはや、四ッ谷は酒癖があまりよくないようですね。タクシーの中で、うわごとのように弱音を吐いていましたよ」

響鬼の言葉を聞いて、四ッ谷が一気にけんか腰になる。

「今すぐそのふざけた記憶を、消してやろうか」

「おやおや、相変わらず粗野な方ですね。『耶麻子』が聞いたらどう思うでしょうか」

ピタッと四ッ谷の身体が固まる。やがて、探るような目で四ッ谷を見た。

「や、耶麻子さんは店にいるのか？　あのガキも耶麻子と名乗っていた気がするが、まさか、自分の子供に自分の名前をつけている……とかじゃないよな？」

どうやら四ッ谷は、あの小学生姿の耶麻子が、着物美人な耶麻子と同一人物だとは思い至らないようだ。

（そりゃあね。まったく別人だもん）

志遠だって、いまだに信じられないのだ。耶麻子が小学生姿にも大人の姿にも、自由に変身できるなんて。

果たして響鬼は、四ッ谷に真実を教えるのだろうか？

志遠が見守っていると、店の中に入りかけた響鬼が、四ッ谷に軽く顔を向けた。

そして、ニヤリと笑みを見せる。

とても凶悪で、サイコで、今犯罪を犯してきましたと言いそうなぐらい恐ろしい笑顔だ。

志遠は二回目なので耐えられたが、耐性のない四ッ谷とリカはビクッと肩を震わせる。

「耶麻子の存在は、とりあえず秘密にしておきましょう。そのほうが面白そうですので」

「な、なんだと!?　というかてめえ、笑顔めちゃくちゃヤベエ。笑顔が犯罪だぞ」

「なにを言っているのかわかりかねます。立ち話もなんですから、とっとと店に入って下さい」

「マジだって！　ほんと、お前の笑顔、ひとりやふたり、殺ってる顔だって」

そう言いながら、四ッ谷がリカを連れて店の中に入る。志遠も、それに続いた。

「ふぅ、我が家は落ち着くな〜」

店の中では、耶麻子がすでにカウンター席の定位置に座って、寛いでいた。

「今、司録に料理を用意させましょう。主にも、例のものを用意しなければ」

響鬼がそう言いながら厨房の中に入っていく。

「例のもの？」

志遠が首を傾げると、耶麻子がピッと姿勢をまっすぐに正して固まった。そのまま石になったように動かないので、隣に座った志遠は彼女の肩をちょんちょん突く。

「耶麻子ちゃん、どうしたの？」

「ハッ、い、いや、なんでもない。いずれ……わかる」

謎めいたことを口にして、耶麻子は気を取り直すようにグラスの水を飲んだ。

「とにかく志遠、そして四ッ谷、今回は世話になった。おかげで悪人に更生のきっかけを与えることができた。できればこのまま、うまく事が進むといいんだけどね」

四ッ谷は志遠の隣に座った。そして、耶麻子をジッと睨み付ける。

「とりあえず、最初から説明してくれよ。あの刀のこととか、二階堂のこととか。俺にはさっぱり話が見えない」

「では、司録が料理をこさえる間、説明してしんぜよう」

耶麻子がカウンターの下からサッとフリップの束を取り出した。初めて志遠が店に入った時、耶麻子が説明に使った例のフリップだ。

(あれで説明するんだ……)

志遠は大丈夫かなあと不安になる。四ッ谷があの説明を聞いて信じるだろうか。

(いや、でも、さすがに信じるしかない、かな)

岩よりも頑丈な鬼の響鬼とはすでにひと悶着あったし、地下鉄ホームで二階堂にした耶麻子の行為は、どう見ても摩訶不思議だ。

実際に目にした以上は、どんなに科学的に説明がつかないことでも信じざるを得ない。

四ッ谷は黙って顰め面のまま、リカはキョトンとした顔をして、フリップを次々に出す耶麻子の説明を聞いた。そして――。

「ハア、マジかよ……」

やはり、信じざるを得なかったのだろう。しかし本音は信じたくない。そんな表情で、四ッ谷が深いため息をついた。

「地獄が満杯だから、閻魔が自らやってきた？　マンガかよ。あり得ねー」

「結局、二階堂さんを斬ったあの刀って、なんだったの？」

頭を抱える四ッ谷の隣で、志遠がずっと考えていたことを尋ねる。

「あれは因果を断ち切るための刀であり、物理的な殺傷能力はまったくない。二階堂には、あそこまで悪行を重ねるに至った起点があった。その因果を、わたくしが斬ったのだ」

「因果ってもしかして、不思議な白い場所で声が聞こえた……あれですか？」

ずっと大人しく話を聞いていたリカが、おずおずと訊ねる。耶麻子は大きく頷いた。

「そう。あれは二階堂が女に騙された記憶だ。わたくしは、その記憶を因果にした二階堂の女性に対する憎しみ、八つ当たりしたいという気持ち、それらの感情を消したのだ」

「なるほど。彼が女性を騙す動機そのものを、その刀を使って消したんだね。耶麻子ちゃんは、二階堂を救ったんだ」

志遠がようやく理解したと思っていると、耶麻子は静かに首を横に振る。

「いいや、救ったというのは違うぞ。わたくしは、引き返すきっかけを与えただけだ」

「引き返す……きっかけ？」

志遠が耶麻子の言葉を繰り返すと、厨房から響鬼が、盆を持って戻ってきた。

「決して記憶を消したわけではありませんから、彼の憎しみが再び芽吹く可能性はあるということです。人は、怒りと悲しみに感情を左右されやすい。だから、主の刀で一旦感情をフラットにしました。自分を、見つめ直してもらうためにです」

「うむ。怒りや悲しみに囚われたままでは、冷静に己の心と対峙《たいじ》することはできない。今、二階堂は自分のされたこと、してきたこと、すべてを思い返して考えているだろう。これからどう進めばいいのか、となｊ」

女性に騙されて、憎んだから、今度は自分が女性を騙すようになった。

その憎悪を消したら、なにを考えるのか。それは二階堂次第ということなのだろう。

「じゃあ、また憎いって気持ちが戻ってきて、再び女性を騙し始めたら……？」

「それは文字どおり救いようがない。わたくしはホトケではないので、二度も三度もは許さぬぞ。悪行を繰り返せば、地獄行きが決定するだけだ。逆に自分の行いを省みて、今後の生き方を改めようとするのなら、地獄堕ちの運命を回避できるかもしれないという話なのだ」

ふぅ、と耶麻子が疲れたようなため息をつく。

「結局、わたくしにできるのは些細なこと。それこそ洗脳でもできれば楽なのだが、所詮閻魔は裁定者にすぎない。人の生き方そのものに口出しすることはできないのだ」

与えられるのは、きっかけだけ。

自分の行いを見つめ直して、反省したなら、ひとつからでもいいので善いことをしてみたらどうか。そう呼びかけることだけなのだ。

その時、厨房に入っていた響鬼が盆を両手に戻ってきた。

「お疲れでしょうし、まずはお酒をどうぞ。ただ今司録が腕を振るっています。今日は雪も降って寒いですから、お鍋を用意しているようですよ」

「お鍋！　楽しみですね」

志遠が喜びの声を上げるも、四ッ谷とリカは互いに目を合わせるばかりだ。

（そっか、四ッ谷さんは中学生、リカさんは小学生以来の再会なんだ）

二階堂のことがあったからこそ四ッ谷はリカを助けたが、それがなければおそらく一生顔を合わせる機会はなかったかもしれない。

冷酒が用意されて、志遠はガラスの杯を持ち上げた。

「その、乾杯しましょうよ。久しぶりに顔を合わせるんでしょう？」

「顔を合わせるっつうか……」

面倒事が片づいてしまうと、今さらどんな顔をしたらいいかわからない。四ッ谷はそんな雰囲気で、居心地悪そうに頭を掻いた。彼の隣に座るリカも、もじもじしている。

「いいじゃないですか。お酒が入れば、そのうち楽しくなりますよ。とにかく、乾杯！」

志遠は無理矢理、四ッ谷の杯に自分の杯を合わせた。くいっと呑んでみせると、四ッ谷とリカも釣られたように酒を口にする。

「これは、フルーティな香りがするのに、少し辛めで、しっかりと日本酒の味がしますね」

「はい。こちらは長野県の地酒、『積善《せきぜん》』という日本酒です。志遠さんがおっしゃるとおり、日本酒らしさを強く主張している酒と言えるでしょう」

響鬼の、いつもの説明が始まった。

酒をひと口飲んだことで、ようやく調子を少し取り戻したらしい四ッ谷が、ゆっくりと酒を味わっている。

「たしかに日本酒って感じの味だが、香りは甘いな。コメの味と言うよりも、爽やかな甘みだ」

「それは、花酵母という珍しい清酒酵母を使用しているからでしょうね。リンゴやツルバラなどの花からできる酵母が、優しく甘い香りを作り出すようです」

「へえ、お花……なんだ」

リカが物珍しそうに、両手で杯を持ってこくこく飲む。

「おいしい。これは、どんな料理でも合わせられそうですね。フルーティな香りは爽やかだし、後味もすっきりしています」

油断するとたくさん飲んでしまいそうだ。

「それに、お酒の名前もいいですね。善を積む……。耶麻子ちゃんたちの願いが込められているみたいで」

志遠が自分をセーブしながらゆっくり酒を味わっていると、響鬼が無表情でこくりと頷く。

「そうですね。私も個人的に名前が気に入っているお酒です。後味の爽やかさも特徴ですから、司録にこちらの料理を用意してもらいました。あんこう鍋ですよ」

厨房から料理を受け取った響鬼は、カウンター席に回って、ひとり用の鍋を志遠たちの前に置いた。

今の今まで火にかけられていた鍋は、グツグツと音を立てて具材を踊らせている。

香ばしい赤味噌の香りに、志遠の腹が忘れかけていた空腹を訴えた。

おいしそう。志遠はさっそくレンゲを手に取って、つゆをひと口飲んでみた。

「わっ、濃い！　でもお味噌の濃さじゃなくて、これは……」

「あん肝の濃さだな」

志遠の言葉に、四ッ谷が続く。

「はい。あんこう鍋の作り方にはいろいろあるようですが、今回はあんこうの美味しさを一番味わえる、いわゆるどぶ汁風にしてみました」

「どぶ汁って、内臓とか、魚の部位を全部使うんですよね？」

志遠が聞くと、響鬼が「そうです」と同意する。

「たっぷりのあん肝を火にかけて溶かし、白味噌と赤味噌を酒でのばして、昆布出汁と合わせるんです。そこにアンコウの身や野菜を入れて、濃厚な味に仕上げるのですよ」

「贅沢だな。あん肝をふんだんに使う鍋ってことか」

四ッ谷が感心したように言いながら、鍋の具材を取り鉢に盛った。

「……む、うまっ」

口にした瞬間、四ッ谷は感心した声を出す。志遠とリカも続いて食べた。

「あ〜すごい！　あん肝の味がしっかり出ていて、白菜とか、キノコがおいしい！」

「アンコウの身もおいしいです。ほろほろって身がほぐれて、皮の部分がくにゅくにゅと弾力があって」

リカが骨を取りながらモグモグと口を動かす。

「アンコウの皮は、コラーゲンがたっぷり入っていますので、女性の方には嬉しい効果があるかもしれませんね」

「お肌がぷりぷりになれるチャンス⁉」

志遠は必死にアンコウの皮を探し出して食べ始めた。連日の仕事疲れで、すっかり肌は乾燥してカサカサなのだ。来年こそはなんとか肌のツヤを取り戻したい。

はふはふと熱さに耐えながら鍋を食べて、時々舌を冷やすように酒を飲む。

アンコウと日本酒は、最高に合う組み合わせだ。この酒はきっとお燗にしてもたまらないだろう。

身体がぽかぽかと温まる。すると心の硬さがだんだん緩んできたのか、四ッ谷がチラとリカを見た。

「汁が服に飛んでるぞ」

「あっ、本当だ……」

「まったく。食べるのが下手なところは、昔から変わってないな」

四ッ谷が呆れたように言って、リカが不服そうに唇を尖らせた。

「たまたまだもん。普段はこんな風にならないよ」

「……叔母んち、居心地悪かったのか。意地悪されてたのか」

ふぅふぅとレンゲに息を吹きかけながら、世間話のように四ッ谷が訊ねる。するとリカは箸を動かす手を止めて、軽く俯いた。

「まあね。パパとママがあんなだったからかなあ。はじめから、私の印象も良くなかったみたい。お兄ちゃんを追い出したあとは、みんな私を召使いみたいに扱い始めたんだよ」

「最悪だな。俺を追い出したのは養育費の問題じゃなくて、単に俺が、あいつらの言うことを素直に聞かないと思ったからか」

前を睨んで、四ッ谷が呟く。彼としては、妹だけは田舎で幸せに暮らせるようにと願って預けたのに、その親戚から不遇の扱いを受けていたのなら、許せなくて当然だろう。

「それでも一応高校までは行かせてくれたからね。感謝はしてるよ。でも高校卒業した途端に、近くに住んでる変なおじさんと結婚させられそうになったから、家出したんだ」

淡々と報告するリカに、四ッ谷がガクッと肩を落とす。

「なんだよ、変なおじさんて」

「そのおじさんの親がうちの叔母さんと友達なんだけど、ずっと家から出てこない人で、たぶん五十代くらいの……」

「あー、わかった。なんとなく想像できた。あの叔母が最っ低な野郎だってことは理解した。俺にリカが家出したと連絡してきたのも、逃げられたのを探して欲しかったからなんだろうな。二度と帰るなよ、リカ」

「頼まれても帰らないよ」

話を聞くだけでも、リカが大変な人生を歩んできたのがわかる。兄妹揃って苦労性なのだろうな、と志遠は思った。

ぱく、とアンコウの身を解して食べる。淡泊な白身と、濃厚なあん肝の味噌味が絡み合って、とても味わい深い。

「それにしても、これからどうしようかなあ。二階堂さんに仕事に就くよう言われて、この前まで行っていたバイトは辞めちゃったし」

「リカはバイト暮らしだったんだな。俺もどうするかねえ、お前を逃がしたあとは雲隠れするつもりで、事務所を畳んじまったからなあ」

リカに続いて四ッ谷がぼやく。こくこくとお酒を飲んだ志遠は、ようやく四ッ谷が事務所を閉めた理由を知って、頷く。

「そういう事情があったんですね。私は、とりあえず年が明けたら転職活動をしようと思っていますけど」

仕事は、そこまで高望みしなければ、ほどなく見つかるだろう。二年も劣悪な職場環境で働いていたのだ。今ならどんな会社でも耐えられる気がする。少なくとも、四ッ谷の事務所よりはマシだろう。

すると、いつの間にか厨房に引っ込んでいた響鬼が、湯呑みを持って現れた。

「主。ひとり黙って顔色を悪くしておいでですが、例の飲み物ができあがりましたよ」

「ウッ！　とうとうきたか……！」

耶麻子が心底嫌そうにうめいた。志遠たちは揃って耶麻子を見る。

「なんですか、その湯呑み」

「特製青汁です。栄養はありますが、破壊的なエグみと辛さがあって、しかもドロッとしていて生臭く、とてもじゃありませんが、お客様にはお出しできない一品です」

「な、なんでそんなものを耶麻子に渡しているんだ？」

ツンと刺激のある草の匂いを感じて、志遠と四ッ谷は同時に顔を顰めた。

耶麻子は唇をぷるぷる震わせながら、両手で湯呑みを持つ。

「これはな、現世における、わたくしの罪の償いなのだ」

「つ、罪の償い？」

耶麻子はなにか悪いことをしたのだろうか。志遠が首を傾げると、響鬼が淡々と説明を始める。

「今日、二階堂に刀を使ったのは、人の運命を変える行為です。本来は現世に存在しないはずの閻魔が、人の人生の因果を斬り、運命に介入することは、大変罪深いことなんですよ」

「……そうだったんですか」

志遠は響鬼の言葉を理解したものの、納得はできない。だって、地獄が満杯だから、耶麻子は響鬼たちを連れて現世に来たのだ。悪者の運命を変えるくらい、良いのではないか。

しかし耶麻子はトホホといった様子で、しょんぼりと俯く。

「背に腹は代えられないのよ。罪は罪。甘んじて受けるつもりで、わたくしは現世に来たの。これくらいの罰、千度で溶かした灼熱の鉄に比べれば、全然可愛いものよっ！」

えいっと気合いを入れて、耶麻子はゴクゴクと湯呑みの液体を飲み干した。

「うげえ……」

顔が青ざめている。うぷっ、とえずいて、ずるずる滑り落ちるように耶麻子は椅子から降りた。

「きもちわる。よくもこんな究極マズイ飲み物を作ったな。もはや芸術だわー」

「おいしかったら罰になりませんからね」

「おまえのドSぶりにはほとほと呆れるわっ！　うぐ、すまん、ちょっと、外の風に当たって……うげー」

耶麻子はよろよろとした足取りで、店の外に出て行った。よほど不味かったのだろう……。

志遠が黙って耶麻子を見送っていると、響鬼がポツリと呟いた。

「閻魔は、存在自体が罪深いのです。なぜなら神ではないのに、人間を裁定しますからね」

志遠、四ッ谷、リカ。三人が一斉に、響鬼に目を向けた。

彼はいつもどおりの無表情でいながらも、どこか寂しげに目を伏せる。

「閻魔は魂を裁くごとに罰を受けます。黄泉の世界でも現世でも、彼女は誰かを裁き、誰かの人生に介入するたび、罰を受け続けます。……それでも、主は嫌とは言わない」

静かな響鬼の声を聞いて、志遠は胸がちくりと痛んだ。

閻魔が魂を裁定すると、罰を受ける。現在、悪人が増えて地獄が満員になってしまっているということは、これまで耶麻子は、いったいどれだけの『罰』を受けてきたのだろう。

そして、その『罰』の内容はどんなものなのか。

先ほど耶麻子が言っていた言葉を思い出す。

――千度で溶かした灼熱の鉄に比べれば――。

（ま、まさかね）

そんなの、耐えられない。どう想像しても恐ろしさがわからないくらい、怖い。

「それでも、人間がこの世にいる限り、閻魔大王という存在は必要なんです。必ず、誰かがやらなくてはいけないから、主はああして罰を飲み込み、頑張っているんですよ」

感情の載らない口調で言って、響鬼は新しいガラスの酒器に酒を注ぐ。

「そうだ、話は変わるのですけれど。皆さん揃って、今は無職なんですよね？」

「無職って言うなよ。転職活動中って言え」

四ッ谷がジト目で響鬼を睨み、抗議の声を上げる。彼の睨み顔はなかなか迫力があって怖いはずなのだが、響鬼は少しも動じない。

「では、耳障りのよい風に言って転職活動中の皆さんに提案があるのですけれど」

「てめえ本気で喧嘩売ってるだろ！」

「ま、まあまあ四ッ谷さん、落ち着いて。響鬼さん、提案ってなんですか？」

立ち上がって怒り出す四ッ谷をなだめながら、志遠は訊ねた。

すると、響鬼は人差し指を一本立てる。

「ただ今、知り合いの会社が求人中なんですけど、そこで働いてみませんか？　活きが良ければ年齢経歴問わないそうなんですけど」

「……え？」

「というかお前、鬼のくせに、なんで人間の知り合いがいるんだよ」

戸惑う志遠と、未だに機嫌の悪い四ッ谷。

響鬼は静かな口調で「悪い条件ではないと思いますよ」と、求人中の会社について説明をし始めた。

香り高い日本酒が、胡麻をまとったこんにゃくをさらに味わい深く

積善 蔵元 ── 西飯田酒造店

花酵母が使われた日本酒は、
うっとりするほどフルーティな香り。
口に入れると上品な日本酒の風味が口いっぱいに
広がります。後味はほんのり辛口で、あとを引きます。

オススメこんにゃくツマミ
こんにゃくのごま炒め

- 板こんにゃくは薄切りにして、軽く湯がいてざるにあげる。
- フライパンに、ごま油を入れて、こんにゃくを炒める。
- 醤油2回し、みりん2回し入れて。水気がなくなるまで火を入れる。
- すりごまを大さじ2入れて、こんにゃくと和えたら、できあがり。

comment

ごまの風味たっぷり。醤油とみりんは
同量にすると味のバランスが取れます。
好みで豆板醤を混ぜたり、
七味を振ってもおいしい★

エピローグ

クリスマスイブのその日は、快晴だった。どんより曇り空の多かった十二月。まるでこの日だけは明るくしてやろうと神様が言っているみたいに、空には雲ひとつなく、爽やかな冬晴れになっている。

「はっくしゅっ」

空を仰いでいた志遠はくしゃみをひとつした。晴れているとはいえ、年末だ。寒いことに変わりはない。

志遠は落ち着きのある黒いワンピースに、コートを羽織って約束した場所に向かう。

時々スマートフォンで地図を確認しながらしばらく歩くと、ようやく目的の建物が見えてきた。

「さすが私立小学校だよね。こんな大きい文化センターのホールを使っちゃうんだから」

今日は耶麻子が転入した小学校の、演奏会だ。前に母親役として出席してほしいと、響鬼に頼まれていた。

「確か、第一ホール前で待ち合わせだったよね」

文化センターは思っていたよりも広い。志遠はまず敷地内の地図を見て第一ホールの場所を探し、きょろきょろと辺りを見回しながらレンガ敷きの道を歩く。

すると、ひと際大きい建物の前に、ひと際目立つ一団がいた。

「おう……」

志遠は一瞬後退りしそうになる。しかし、ここで引き返すわけにはいかないなと、歩を進めた。

「おはようございます。響鬼さん、司録さん、司命さん」

目立つ一団とは、もちろんこの三人のことだ。

三人とも高身長で、司録は厳つい身体をしているし、司命は相撲取りのように横幅も大きい。響鬼はふたりに比べるとスマートだが、彼も日本人離れした体格の持ち主である。

そんな三人がホール前で仁王立ちになっているのだから、そりゃ目立つというわけだ。

小学校の保護者たちが、響鬼たちを遠巻きにして見ている。

「おはようございます。今日は来て下さって、大変助かりました」

「いえいえ、これくらい構いませんよ。司録さんと司命さんも来られたのはちょっと予想外でしたけど」

てっきりふたりは留守番するのだと思っていた。

青いスカジャンを羽織って鋲のついた革ズボンをはいている司命は、少し興奮したように前のめりになる。

「主の、晴れ舞台ダ。見たい、と思うのが親心ダ」

隣に立つ司録はいつもの割烹着姿ではなく、藍色の着物にねずみ色の羽織り物を着ていた。

「親心、たしかにそうかもしれない。我々は、主が生まれた時から、おそばに仕えていたのだからな」

ふたりの言い分に、響鬼が「そういうことです」と頷く。

「なにせ主は、張り切って楽器の練習をしていましたからね。あの音痴が、いや、音楽センスの皆無さが、いえいえ、音楽の理解がとても不器用な主が頑張っているのを見ていれば、それは臣下として応援したくもなるというものです。たとえ無駄な努力とわかっていても」

「響鬼さん、何気にめちゃくちゃ耶麻子ちゃんをこき下ろしていますよね」

本当に応援しているのだか、していないのだか。

一応、こうやって演奏会に来ているのだから、それなりに彼女の頑張りの成果を見たくて来ているのだろうが、とにかく響鬼は耶麻子に容赦がない。

「さて、志遠さんも来て下さいましたから、ホールの中に入りましょうか」

響鬼がそう言って、ホールの入り口から中に入っていく。司録と司命、志遠もあとに続いた。

薄暗いホールの中、志遠たちは席を選んで座る。真ん中の一番うしろの席だ。とにかく志遠以外の三人がやたらと身体が大きいので、他の保護者に配慮した結果、一番うしろの席に座るしかなかったのである。

「この、ホールの席というのは、やたら窮屈ですね」

「オ、オレ、無理。この椅子、座れナイ」

「オレも無理です。仕方ない。立ち見席に移動しましょう」

どうやらホールの椅子は、司命と司録には小さすぎたようだ。

「あ、では、立ち見席からの撮影をお願いできますか？　私は座席から撮影しますので」

響鬼が司命にデジタルカメラを渡す。

「ワカッタ」

「……カメラは二台体勢ですか」

あんなに耶麻子をけなしていたのに、響鬼は耶麻子の活躍をしっかりカメラに納める気満々らしい。応援しているのなら、素直にそう言えばいいのに、どうして彼はいちいち耶麻子に容赦ない言葉をかけるのだろう。

(愛情が屈折してるのかな)

なにせ響鬼は、気が遠くなるほど長生きしているのだ。性格のひとつやふたつ、ねじくれていてもおかしくない。

司録と司命を見送って、志遠はホールの椅子に座ると、鞄を膝に置いた。

「そういえば志遠。面接をしてきたのでしょう？　いかがでしたか」

「あっ、とんとん拍子で話が進みましたよ。本当に、いい職場を紹介してくれてありがとうございます。……でも、ちょっとそのあと、ひと悶着あったんですよね」

志遠はげんなりと肩を落とした。

響鬼が不思議そうに首を傾げる。

数日前、響鬼が志遠たちに提案した、求人中の会社。

それは酒屋だった。『地獄の沙汰』に、酒を卸している取引先である。

高齢の主人がひとりで経営していて、後継者もいなかった。足腰も弱くなってきたから、店を畳むつもりだと、響鬼に話していたのだ。

そこで響鬼は、志遠たちを酒屋に紹介したのである。

面接はとても和やかに進んだ。

四ッ谷がいれば力仕事を任せられるし、リカは接客のバイトをしていたので愛想がよい。そして志遠は、事務や経理などの処理能力に長けていて、オールマイティーに働ける。

一気に意気投合して、すぐさま採用は決まったのだが……。

そこで、思わぬ横やりが入ったのだ。

どこから話を聞きつけたのか、面接中の酒屋に現れたのは熊のような大男。まるで討ち入りのように乗り込んできて、四ッ谷の顔を見るなり「テメエ、コラァ！」と彼に厚みのある茶封筒を投げつけた。

『なにが手切れ金だ。ふざけてんのか。俺に挨拶もなく金だけ置いて逃げるたあ、いい度胸だな！』

茶封筒の中身は紙幣の束だった。どうやら四ッ谷が興信所を辞める時、世話してくれた人に払ったというお金だろう。

と、いうことは、この大男は。

『イッテェ……。なにしやがんだ。儲けた分のシノギさえ払えば好きにしろって言ったのはテメエだろ！』

『せめて事前に話せってんだ。お前んとこに代わる事務所なんざ早々見つかるはずもねえ。こっちだって事情があんだよ。今、お前が興信所辞めたら困るんだ！』

ギャーギャーと口汚く罵《のの》り合う男たち。ポカンとする志遠とリカ。そして——。

『まあまあ落ち着いて。兄さん、この若者になにか用事がおありの様子だ。お茶でも飲んで、話すといいだろう』

酒屋の主人が、やけにゆっくりした口調で話し、大男に椅子を勧める。

『おお、すまんな。いきなり押しかけたのに、ありがたい』

大男は素直に主人の言うことを聞いて、温かいお茶をひと口飲んだ。

どうやらこの男は、正真正銘、とある裏社会組織の親分らしい。

四ッ谷は縁あってこの親分と知り合いになり、裏社会の人間からも調査の依頼を受けるという約束のもとで、あの事務所を持たせてもらっていたようだ。

しかし四ッ谷は金だけ置いてさっさと興信所を閉めてしまった。

ずっと彼に頼って調査の依頼を出していた親分は、慌てて四ッ谷を探したというわけである。

『だから、事務所を用意してもらった時に、これだけ稼ぎを出せたらいつ事務所を辞めてもいいぞって、アンタは言ってたじゃねえか！』

ばしばしと茶封筒を叩く四ッ谷に、親分は首を横に振る。

『世の中には段取りってもんがあるんだ。金の切れ目が縁の切れ目と言うつもりか？　えらく薄情になったもんだな、四ッ谷』

『俺は最初から薄情だっただろ。世話してもらった礼として、本来のシノギより色つけて払ったんだから、おとなしく手切れ金としてもらって帰ってくれ』

『そうはいかん。せめて、お前の腕に匹敵する調査員を雇うまで、興信所を閉めてもらっちゃ困るんだよ』

『アンタの事情なんざ知らねえよ』

ギリギリ、ビシビシ。

目つきの悪い四ッ谷と、もっと人相の悪い大男が殺意すら込めて睨み合う。

志遠とリカは互いに手を握りあい、びくびく震えていた。

その時――――、まるで福音のように、酒屋の主人が口を出したのである。

『なんだ兄さん、よくわからんが、その子の腕、買ってたんだなあ』

『そうなんだジイさんよ。こいつ、口は悪いが仕事の完璧さは折り紙付きでな』

『ふむふむ、それならこういうのはどうだい。私としてもこの歳だ。せっかく採用できたのに、いきなり辞められるのは困る。だから、その興信所ってやつも、うちでやればいいんじゃないか』

は⁉　と驚愕に目を見開いたのは四ッ谷と志遠だ。リカはもはや話についていけなくて呆気にとられている。

『ウチはお得意様くらいしか客がいねえ小さい酒屋だ。こう言っちゃなんだが、暇な時もある。店には店員が三人もいるんだし、酒屋の仕事の傍ら、兄さんの依頼を請け負うくらいできるだろ』

『おお～っ！　ジイさん、話がわかるじゃねえか！』

親分はバシバシと酒屋主人の背中を叩いたあと、その手を取ってブンブン握手をした。表現はやや凶暴だが、思っていたよりも人懐こくて愛想が良い。志遠は意外に思う。

『待て！　勝手に話進めんじゃねえ！』

『四ッ谷ウルセエ安心しろ』

『どっちだよ⁉』

『酒屋兼興信所にすんならスペースが必要だよな。この酒屋の広さを考えると、隣のボロ家を潰し……いや、買い上げて』

『今潰すっつったよな。おい』

『問題ねえ。この辺りの土地は俺のシマだから、なんとでもなる。もちろん、法に反することはしねえよ』

あ、これは危ない話だ。志遠は聴力をシャットアウトして聞かない振りをした。

『よし！　じゃあ四ッ谷は酒屋と調査員の二足のわらじってことで決定な。そこの、耳に人差し指突っ込んで他人のフリしてる嬢ちゃんもだぞ。お前の噂はちゃんと聞いてんだからな』

『ななな、なんですって！』

他人の振りをしていたのに、しっかり自分の存在が認識されていて、志遠は目を剝く。

『四ッ谷の下で働ける豪胆な性格に、仕事っぷりが丁寧で、なかなか評判いいんだぞ。四ッ谷の妹もサポートよろしくなっ』

ニカッと歯を見せて笑う親分は、まるで真夏の太陽のように明るかった。

――と、そういうわけで、なぜだか志遠たちは、引き続き興信所の仕事も続けることになったのである。さすがに前ほどの依頼は受けられないが、親分を始めとして、正規の興信所では出入り禁止になっているような裏社会の人間からの依頼を請け負う。そんな興信所になりそうだ。

志遠は面接で起きた出来事を響鬼に話して、「はあ」とため息をつく。

「まさか、私まで巻き込まれてしまうなんて、聞いてないですよ……」

ようやくお天道様のもと、堂々と生きられると思ったのに。

四ッ谷のせいで、自分はまだまだ、グレーな世界から抜けられないみたいだ。

それでも前みたいに悲観的な気持ちは持っていない。犯罪の片棒を担ぐのはごめんだが、親分が四ッ谷に頼みたい案件のほとんどは人物の調査。それなら、前みたいな『別れさせ屋』をしたり、職業詐称もすることはないだろう。

「まあ、依頼自体は四ッ谷さんがメインで請け負うみたいで、私とリカちゃんは酒屋の仕事がメインですし……って、響鬼さん、ずっと黙ってますけど、聞いてます？」

思えば、志遠が話している間、ずっと黙っている。相づちさえ打たない。

志遠がチラと響鬼を見ると、彼は腕を組んでなにやら考え込んでいた。

「酒屋兼興信所。目から鱗が落ちるとはまさにこのことですね……」

「ちょっと、響鬼さーん」

パタパタと彼の前で手を振るも、まだ彼はブツブツ呟いている。

「その手がありました。正直、うちの酒処だけでは多くの悪人を更生させるのは難しいと懸念していたのです。その興信所に……あれして、こうして、悪人を呼び寄せるまじないをかければ……」

「ちょっと響鬼さん。なんか不穏なこと言ってませんか⁉　酒屋に変なことさせないでくださいね⁉」

彼はいったいなにを企んでいるのだ。頼むから、これ以上変なことに巻き込まないでほしい。

すると響鬼は「コホン」と咳払いをした。

わざとらしいくらい、自分の呟きをごまかそうとしている。

「ところで、リカは結局、四ッ谷と一緒に住むのですか？」

あからさまな話題逸らしに、志遠は苦々しい顔をする。だが、これ以上追及したところで無駄だろう。ため息をついてから、答えた。

「はい、しばらくは同居するみたいです。だから四ッ谷さん、今は引っ越しの荷造りで忙しいみたいですね」

四ッ谷兄妹は、お互いの生活が落ち着くまで、一緒に住むことに決めたようだ。

『さすがにあんなボロアパートに住まわせるのは気が咎《とが》める』

げんなりしたように、四ッ谷はそう言っていた。志遠は彼のアパートを見たことはないが、おそらく相当古いところに住んでいたのだろう。

次は今よりもセキュリティがしっかりしているマンションに住み処を変えるようだ。やはり兄として、それなりに妹の身辺を心配しているのだろう。

ざわざわとしたホールの中、しばらくして、開演のブザーが鳴る。

あちこちで話をしていた保護者は一斉に我が子を見ようと、静まった。

校長の挨拶から始まって、プログラムどおりに進行が進み始める。

耶麻子は一年生だからか、お披露目が一番最初だった。志遠の隣で、響鬼が早速デジタルカメラを取り出し、撮影を始める。

志遠は双眼鏡を使って、耶麻子を探した。

（――いた！）

一年生は、複数のクラスの合同だった。三段に並ぶ子供たちの中で、耶麻子は一番前の列に立っていた。

(なんだか緊張している？　閻魔大王様なのにね)

初めての演奏会に、耶麻子の顔は強ばっていた。志遠は思わず笑ってしまう。

閻魔だ百五十歳だといっても、こういうところは子供なんだな、と思う。

演奏会は、まずは全員の合唱から始まった。次は足元に置いていた楽器を手にとり、演奏を始める。

耶麻子はトライアングルの係だった。

間違えないようにと緊張した面持ちで、慎重にトライアングルを鳴らしている。

「かわいいなあ」

思わずほのぼのとした気持ちになって声が零れてしまった。

志遠は本当の母親ではないが、母というものは我が子の頑張りを見て、こんな気持ちになるのかもしれない。

がんばれ、がんばれ。上手だよ。

そんな風に心の中で応援しながら、志遠は耶麻子を見守る。

やがて温かい拍手と共に、一年生の演奏が終了した。

演奏会が終了したあとは、教師のアナウンスに従って、保護者が我が子を迎えにいく。

志遠と司録、司命がホールの入り口で待っていると、やがて学校指定のコートを羽織った耶麻子が、響鬼と共に笑顔でやってきた。

「志遠～！　よく来てくれた。褒めてつかわすぞ～！」

走る勢いのままに志遠に突撃してきた耶麻子を抱き留めて、志遠は彼女の頭を優しく撫でる。

「とっても上手だったよ、耶麻子ちゃん。トライアングルも頑張ってたね」

「うん。トライアングルは思った以上に難関だった。油断するといらんところでチンッと鳴らしてしまうのだ。しかし本番は鳴らすタイミングを間違えずにできてよかった」

「涙ぐましい努力のたまものですね。毎晩毎晩、主は部屋に閉じこもり、トライアングルをチンチンチンチン鳴らして、正直とても煩かったですが、我慢したかいがありました」

「響鬼はどうしてそう嫌みなことしか言えないの？　志遠みたいに、頑張ったねってストレートに努力を称える素直さが、おぬしには足りん！」

「いえいえ、ちゃんと主の努力は認めていますとも。正直トライアングルに、そこまでの努力は必要ないのではないか、といささか思っていましたが、頑張るところは人それぞれですからね」

「ひーびーきー！」

耶麻子が両手を挙げて怒り出す。このふたりはいつもどおりである。

「あっ、耶麻子ちゃんだ。耶麻子ちゃ～ん」

うしろの方から女の子の可愛い声が聞こえた。志遠が声の方向に目を向けると、ふたりの女子生徒が笑顔で近づいてきている。彼女らの背後には両親らしき人たちがいたのだが、司録と司命の図体を目にして、同時にギョッとしていた。

「あらっ、チトセちゃん。ミユウちゃん！　お疲れちゃんちゃんね！」

志遠たちに話す声からワントーン高い声色で耶麻子が話す。あきらかに猫を被った様子だ。

「えっと、このひとが耶麻子ちゃんのママなの～？」

「そうなの。わたくしのお母さんです。ほら、お母さん、挨拶して！」

耶麻子が志遠の足を踏む。わっと驚いて、志遠は頭を下げた。

「あ、そうだよ。耶麻子ちゃんのママ……なの、よろしくね」

正直、自己紹介していて違和感が半端ない。やはりお母さん役を引き受けたのは失敗だったかもしれない。

だが、ふたりの女生徒は特におかしいとは思わなかったようだ。ニコニコと、志遠を見上げる。

「あのね、耶麻子ちゃんママ。ちょっと聞きたいんだけど～」

「はーい、なにかな？」

太ももに手を置いて、志遠は少し身体をかがめる。

「耶麻子ちゃんの変な言葉使いって、前からなの？」

「なっ」

ぴきっと耶麻子の身体が固まった。隣で響鬼がぶはっと噴き出す。

「なんかね、古いよね。おばあちゃんの影響なのかなって思ったの」

「うちのママも、耶麻子ちゃんの話し方聞いて、ひと昔前のギャルみたいね、って言ってたよ～」

「な、な、なんだと！　わたくしが必死に学習したＪＳギャル語だというのに～！」

自分は立派に今風のＪＳを演じていると思っていたのだろう。だが、ふたりの女子生徒は互いに顔を合わせてくすくす笑う。

「そもそもＪＳって単語を聞かないよね～」

「まことか!?」

「それに耶麻子ちゃん、ギャル？　を意識している時、すごく無理している感じするもの。普段の話し方のほうが面白いし、可愛いよ」

屈託のない笑顔で「ねー」と同意を求める女の子たち。

耶麻子は顔を真っ赤にさせて、ぱくぱくと口を開け閉めした。

「やっぱりその変な話し方、やめたほうがいいよね」

志遠は笑いながら耶麻子に言う。

「な、なんでだ。わたくしは今風の流行に乗ろうと、こんなにも努力してきたのに!!」

「文字どおり、無駄な努力だったわけですね。そもそも、あなたが流行に乗るなんていう器用な真似ができるはずもありませんし、大人しくＪＳギャル風を目指すのは諦めて、普通に話したほうがよろしいでしょう」

「くっ、響鬼に言われるとすごく悔しい！！」

耶麻子が地団駄を踏み、友達の子供達が楽しそうに笑う。

こんなにも晴れやかで、楽しい気分。空には青空が広がっていて、寒いけど気持ちがいい。

（ああ、やっと、抜け出せた気がする）

二年前から感じていた、息苦しい気持ち。じめじめと暗い洞窟の中で、明かりのない暗闇の道を、あてもなく歩くような日々だった。

しかし、ようやく出口のない洞窟から、志遠は解放されたのだ。

新しい仕事も決まって、心機一転。これからは、幸せに向かって歩きたい。

志遠はいまだに響鬼に怒っている耶麻子の頭を撫でて、空を仰ぐ。

澄み渡る冬晴れの空。

どこかから、クリスマスを祝うジングルベルが、聞こえてきた。

あとがき

はじめましての方も、そうでない方も、こんにちは。桔梗楓です。

この度は『現世閻魔捕物帖』をお手に取って下さってありがとうございます。

主人公、月海志遠を主軸に織りなす、閻魔様の物語はいかがでしたか？

たくさんの個人的な趣味をちりばめて、自由に、好きなように書きました。

趣味その一、探偵事務所が好き！（作中では興信所ですが）。

趣味その二、眼鏡が好き！（眼鏡は正義）

趣味その三、大好きなお酒！（お酒はすばらしい文明の産物）

などなど。他にもチンピラを書くのが好きだったり、志遠みたいな女の子を書くのが好きだったり、耶麻子と響鬼のやりとりが好きだったり、いっぱい趣味が入っています。

作中にも書かれている、加害者と被害者の関係。

物語上、ある程度の決着はつけていますが、決して正解はないテーマだと思います。

でも、生きていく上で、決して目を背けてはならない部分なのかもしれませんね。

私も人間として未熟なので、きっと死ぬまで考えていると思います。

作中に出てくるお酒と料理についてですが、チョイスに結構悩みました。

お酒は割とすぐに決めたのですが、料理ですね。

最初は、特別な酒処でなければならないと思い込んで、めずらしい高級食材を使用した料理ばかりを候補に入れていました。

でも、この物語は酒とツマミを紹介したいけれども、決してグルメがメインではない。

それに、自分が今までのれんをくぐった割烹料理屋や酒処を思い出すと、どの店も特別な食材は多用していませんでした。

誰でも手に入るような食材は、丁寧な工程を踏むことで、最高の一品になる。

たとえば出汁にこだわったり、あるいは七輪で焼いて香ばしくしたりすると、単なるおかずだったものが、ほっこり癒やされる素敵なツマミに変身するのです。

あの特別感はいいなあと思って『地獄の沙汰』も、そういう酒処であることを目指し、イメージを膨らませました。

コラムも少し書かせていただきました。こんにゃくばかりの一品レシピですが、美味しいのでよかったら作ってみてください。

最後になりましたが、お酒の使用を承諾して下さった酒造会社様、ありがとうございました。カバーイラストを手がけてくださったLack様、可愛く素敵なイラストに感謝です。

ここまで読んで下さった読者様。またどこかの物語で再び出会えますように。

一日一善。お互いにやっていけたらいいですね。

桔梗楓

この物語はフィクションです。
実在の人物、団体等とは一切関係がありません。
本作は、書き下ろしです。

桔梗楓先生へのファンレターの宛先

〒101-0003　東京都千代田区一ツ橋2-6-3　一ツ橋ビル2F
マイナビ出版　ファン文庫編集部
「桔梗楓先生」係

現《うつし》世《よ》閻《えん》魔《ま》捕物帖《とりものちょう》
～その地獄行き、全力阻止します！～

2019年11月20日　初版第1刷発行

著　者	桔梗楓
発行者	滝口直樹
編　集	山田香織（株式会社マイナビ出版）、定家励子（株式会社imago）
発行所	株式会社マイナビ出版

〒101-0003　東京都千代田区一ツ橋2丁目6番3号　一ツ橋ビル2F
TEL　0480-38-6872（注文専用ダイヤル）
TEL　03-3556-2731（販売部）
TEL　03-3556-2735（編集部）
URL　http://book.mynavi.jp/

イラスト	lack
装　幀	AFTERGLOW
フォーマット	ベイブリッジ・スタジオ
DTP	富宗治
校　正	株式会社鷗来堂
印刷・製本	図書印刷株式会社

ISBN978-4-8399-6991-2
Printed in Japan

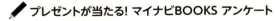

Fan
ファン文庫

河童の懸場帖《かけばちょう》 東京「物ノ怪《もののけ》」訪問録

著者／桔梗楓
イラスト／冬臣

現代日本――妖怪や神様も
悩みながら一生懸命、生きています。

…………………………………………

配置薬No.1販売員の河野遥河（かわのはるか）は、容姿端麗、物腰柔らかで女性社員から大人気だがある秘密が。
くすっと笑えて、じーんと考えさせられる、現代あやかし物語。

ファン文庫

河童の懸場帖《かけばちょう》 東京「物ノ怪《もののけ》」訪問録

～夏の木立に雪が舞う～

著者／桔梗楓

イラスト／冬臣

あやかしだって

本当は寂しいんです！

麻里の住む東京の田舎で初夏だというのに雪が降り、
異常気象として連日テレビで取り上げられていた。
原因はなに？　人気シリーズ第2弾！

ファン文庫

河童の懸場帖《かけばちょう》　東京「物ノ怪《もののけ》」訪問録

~零れ桜にさよならを~

著者／桔梗楓
イラスト／冬臣

あやかしにしか分からない悲しみがある。
人気シリーズ第３弾！

一緒に販売ルートを回る麻里は、会社で唯一河野の正体を知る理解者だ。彼の様子に違和感を覚え、穏やかな彼が珍しく喧嘩したことを知った麻里は、原因を知るため事情通の百目鬼を訪ねるが？